SHANGHAI LITERATURE & ART PUBLISHING GROUP

故事会
精品系列

故事会 ®

侦破故事

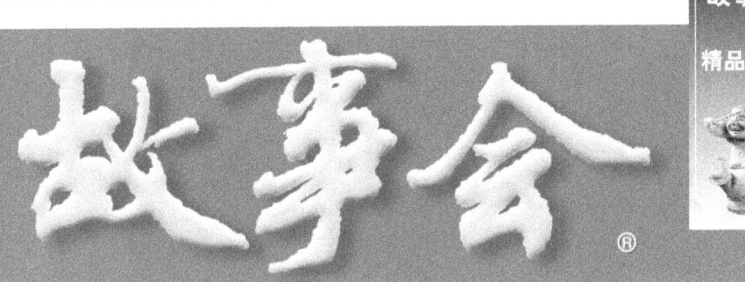

I0517284

上海锦绣文章出版社
上海故事会文化传媒有限公司

上海文艺出版（集团）有限公司

图书在版编目（CIP）数据

侦破故事 《故事会》编辑部编 – 上海：上海锦绣文章出版社
（故事会精品系列） ISBN 978-7-5452-0265-6

Ⅰ．①侦… Ⅱ．①故… Ⅲ．①故事 作品集 中国 当代 Ⅳ．I247.8

中国版本图书馆 CIP 数据核字（2009）第 028899 号

丛 书 名：故事会精品系列

书 名：侦破故事

主 编：何承伟

编 委：何承伟 吴 伦 姚自豪 夏一鸣

责任编辑：刘迎曦 鲍 放

装帧设计：王 伟

责任督印：张 凯

出 版： 上海锦绣文章出版社

上海故事会文化传媒有限公司

POD 海外发行： 中国图书进出口上海公司

电话：021–36357888

传真：021–36357896

地址：上海市虹口区广中路 88 号

邮编：200083

海外 POD 发行版本

上海故事会文化传媒有限公司 出品（00246） www.storychina.cn

STORIES

目　　录

审 讯 斗 智

多少人狂妄地自称是这个博士、那个博士,似乎只有他们才是聪明人,是万事通,却不懂这样一句俗话:山外自有能人在!

警察出招

预审室里，正在进行第十三次提审。受审的对象是震惊全省的"9·24"案件中的主要嫌疑犯，瘦个，长脸，大眼，尖嘴，一副趾高气扬的样子。

半小时过去了，记录员小马的笔录纸上还是一片空白。预审员老丁喝了一口茶，动了动干裂的嘴唇，用沙哑的嗓音说："如果你配合，还有机会……"

老丁心里清楚，9·24案件的其他犯罪嫌疑人全都在逃，要想捕获他们，就必须撬开眼前这家伙的钢嘴铁牙。可这家伙一副死猪不怕开水烫的样子，目空一切，根本不把老丁放在眼里。

审着审着，老丁突然说："这样吧，我给你讲一件事。"

老丁说的事是这样的：那年，监房里收了四个人，一个瞎子，一个瘸子,两个健全人,他们都犯了重罪。一天,四个人密谋越狱,他们想了一个又一个办法,但又一一否决了。最后,一个人想到了打洞的办法,其余三个人都赞同,于是他们便干了起来,从那天开始,每天放风时他们都会带出一些打洞挖出的土。

很长一段时间过去了,洞很快就要打通了。一天放风时,瞎子和瘸子留在屋内,瘸子忧心忡忡地对瞎子说:"老兄,我们不比他们,你瞎,我瘸,洞打通了,我们真的跑得了吗?"

"能!"瞎子一笑,那双无神的眼里放出了亮亮的光,他凑到瘸子面前一阵嘀咕,说得瘸子眉开眼笑。

就在那洞暗中打通的这一天,瞎子背上瘸子去找管教队长……

说到这里,老丁顿了顿,故作轻松地说:"瞎子和瘸子因举报有功而被减刑,至于那两个人呢,"他问那个受审的家伙,"你想知道结果吗?"老丁嘴巴里吐出两个字,他吐得很轻,就像吐出了一口瓜子皮:"毙了!"

老丁乘胜追击,又甩出了硬邦邦的一句话:"什么叫同伙?这就是同伙!"

那受审的家伙一听,神气劲儿全没了,面如土灰,浑身筛糠一样直抖,稍过片刻,全招供了。

做完笔录,押回案犯,老丁舒了口气,说:"现在通知刑警,根据审讯线索,马上抓捕余犯。"

小马佩服地对老丁说:"您真行,不过,我怎么没听说这件事呢?"

老丁凑到小马耳边轻声说:"这是个故事。"说完,哈哈大笑……

(张　军)

(题图:黄全昌)

遗忘的雨伞

　　永岛是个单身汉,今年34岁,在一家公司当小职员,工作辛苦,收入也不高,所以他时时想找机会改变自己的生活。

　　最近,机会终于来了,永岛的上司古矢给他介绍了自己一个亲戚的女儿。那个姑娘叫娟代,药科大学毕业,现在独自经营着一家药店,按说条件也不错,可她因为小时候被烫伤过,脸上留下了一大块伤疤,所以直到三十好几,还没有结婚。永岛对姑娘脸上的伤疤倒不是太在意,他心里的如意算盘是,如果和娟代姑娘结婚,那他自然成了那家药店的老板,以后的生活也就有了保障,说不定还能挤进上流社会呢。于是,两人见面以后一拍即合,没过多久就谈婚论嫁了。

　　可是说到结婚,永岛还有块心病需要先解决掉。原来两年前他去同事家打麻将,认识了同一栋大楼里住的一个单身女人,名叫伸子。一来二去,两个人的关系就非同寻常了,可是他俩都不打算结婚,说好了只是玩玩,谁都不必负责任。现在既然准备和娟代结婚,和伸子的关系就只好一刀两断了。

这天下了班以后,永岛冒着蒙蒙细雨,打着伞,心神不宁地来到一家小酒馆,打算吃了东西,然后去和伸子把话说明白。刚在酒馆里坐下,老板娘就过来热情地和他打招呼:"永岛君,好久不见啦。你今天脸色不太好,是不是有什么心事呀?"

永岛一愣,随即含糊地回答:"呃,没有,没有,哪有什么心事呀……"话是这么说,可他心里还是很佩服老板娘的眼力的。他怕言多有失,所以匆忙吃了点东西后,就出门叫了一辆出租车,直奔伸子的公寓。

见到伸子,永岛开门见山:"我要结婚了,咱们的关系就到此为止吧。"伸子听了,好像也不吃惊,笑嘻嘻地说:"好啊,恭喜你呀!你们是怎么认识的呀?"永岛见伸子神态很自然,心里也松了一口气,于是就把他和娟代的事一五一十都说了。

谁知道,他刚说完,伸子的脸色就变了,她冷冷地说:"分手可以,可是我现在需要一笔钱,你那个娟代姑娘不是开药店的吗?她一定有钱。要是你不帮我去要,我可以自己去找她,或者找你的上司古矢……"

永岛万没想到伸子会来这么一手,不由恼羞成怒地说:"你想要挟我?我们不是说好了只是玩玩,谁都不必负责任的么?"伸子哼了一声:"你这样的男人我见得多了,天下哪有这么便宜的事?做梦!"

永岛摇着头站起身:"没想到……没想到你是这样一个女人!你爱找谁就找谁去吧!反正你别想从我这里拿到一分钱!"说着,他拿起外套,转身往门口走去。

伸子自然不肯罢休,她嘴里骂骂咧咧,气急败坏地抓起桌上一只瓷花瓶,对准永岛的后脑砸去,永岛一闪,花瓶打在他的背上。这下真把永岛给激怒了,他像发了疯一样冲上去,用拳猛击伸子,一下,两下……伸子惨叫着倒在地上,永岛又扑上去,拼命用双手卡住她的脖子……终于,伸子瘫软下来,再也不动了。

这时,永岛才突然清醒过来,暗叫不好,但是立即提醒自己要保持冷静。他先趴在伸子的胸前听了听,确认她真的死了,然后迅速清理现场,把花瓶、茶杯和其他可能留下指纹的地方都用毛巾擦了一遍,最后洗干净手,这才从容不迫地离开。

到了公寓外面.他故意走过一条街,才叫了一辆出租车。坐在车上,永岛咬牙切齿地想:伸子的死是她自找的,活该。接下来,他又开始回想刚才的一切是否会留下什么证据。

突然,一个闪念在他头脑中划过,他只觉得"轰"的一下,两眼发黑:雨伞! 把那顶要命的雨伞忘在伸子家了。如果是普通的雨伞倒也算了,偏偏永岛是个粗心的人,经常丢三落四,已经掉了好几把伞,所以他想出个笨法子,在伞里面贴了一张写着自己名字的纸条。这把伞要是落到警察手里,岂非不打自招!

但是永岛表面上还是很镇静,他怕坐同一辆车回去,会留下线索,就找个借口下了车,然后到街对面,重新叫了一辆车往回开。为了避免引起怀疑,他对司机说:"我去横滨,在前面先要办点事。"

车子接近伸子的公寓时,永岛的心也跟着"怦怦怦"越跳越厉害。谁知就在这时,车前斜刺里猛蹿出一个人,好像是受了惊,正慌忙逃命,那人躲闪不及,被出租车一下撞出去几米远,打了几个滚,就躺在地上一动也不动了。

司机吓傻了,坐在那里直哆嗦,好半天才对永岛说:"先生,你、你都看见了……不是我的错,请你无论如何留下来给我作个证啊……"

永岛心里暗暗叫苦。真是屋漏偏遭连夜雨,但他还是答应了司机,先帮他打了一个报警电话,然后对他说:"你等一下,我去办点事就回来。"说完,就急忙向伸子的公寓跑去。

永岛跑上楼,推开房门,一眼就看见伞架上果然有一把伞,顿时长吁一口气,可是他跑过去一看,马上就发现不对劲,那把伞上没有他的名字,而且颜色也不对,那不是他的伞!永岛糊涂了,他不敢久留,重新把伞放回原处,出了屋子。刚走下楼梯,他又想起来,赶忙回身,掏出手帕把门把手上的指纹擦干净。

永岛回到事故现场,向警察说明了当时的情况,然后就回了家。这起事故是那个行人的责任,司机没有错,和乘客永岛自然更没有什么关系了。

第二天,永岛照常去上班,表面上好像什么事也没有发生过一样,心里却整天忐忑不安,时刻惦记自己的那把伞,到底是忘在出租车上了呢,还是留在伸子的公寓里被别人拿走了,要是被人拿走,后果可就严重了……傍晚下班以后,他忧心忡忡地来到昨天去过的小酒馆。刚一进门,老板娘就大声招呼他:"永岛君,我就猜你会来,你昨天又把雨伞忘在我的店里喽!"

永岛抬头一看,千真万确,墙角果然放着自己的那把伞!"谢天谢地!"他情不自禁地捂住胸口欢呼了一声。酒馆里的顾客都奇怪地回过头来看他:一把伞有什么稀奇,值得这么大惊小怪?永岛意识到自己的失态,连忙拿着伞离开了酒馆。

晚上,永岛家来了个客人,客人自我介绍:"我叫桑泽,是刑警,来向你调查一些事情。"

永岛点点头,热情地把桑泽请进门,他现在确信自己没有把柄落在警察手里,所以底气十足。

桑泽刑警微笑着说:"昨天你遇到的那场车祸的被害人叫水沼清,有趣的是,就在出事地点不远的一个公寓里,同时发生了一起凶杀案,死者叫大野伸子,是水沼清以前的情人。"

"哦!"永岛吃了一惊,嘴巴张得老大。

桑泽刑警继续说:"案情很清楚,水沼清昨天去找伸子,两个人发生了争执,水沼清失手打死了伸子,然后慌慌张张地跑出来,不留神撞上了你们的出租车……"

听到这里,永岛顿时恍然大悟:那把雨伞是水沼清的,他一定是比我后到伸子的公寓,看到伸子死了,惊慌失措,跑出来的时候撞上了出租车。呵呵,真是天助我也,来了这么个替罪羊。他试探着问桑泽:"那个……水沼清,现在怎么样了?"

"他今天早上死在医院里了。"桑泽干脆地说。永岛顿时觉得从未有过的轻松,禁不住在心里大叫:"好哇!"可是,桑泽刑警在这当口冷不丁地问道:"听说你和那个伸子也很熟?"永岛好像被猛地抽了一鞭子,浑身一颤,下意识地回答:"啊,是的,我们认识。""那你昨天本来也是想去伸子那么去?"桑泽紧追不放。

永岛稳了稳心绪,提醒自己不能慌乱,他喝了口水,说:"不,我是去找一个同事,他也住在那栋公寓楼。我们打麻将,他欠了我的钱,我最近手头正好紧,就想问他要,然后去横滨喝酒。可是路上发生了车祸,我觉得再去讨钱不合适,就回来了。"

桑泽点点头,从怀里拿出一张照片递给永岛,问:"你认识这个人吗?"永岛接过照片,看了看,上面是一个陌生的青年男子。他把照片还给桑泽:"不认识,从来没见过。"桑泽谢过他,把照片放回口袋,就告辞走了。

永岛坐在沙发上,细细回想自己和桑泽的对话,确信没有露出任何破绽,他不由佩服自己临危不乱的本领,得意地笑了起来。这个晚上,永岛美美地睡了一觉。

第二天早上,永岛还没出门,门铃响了。他打开门,外面站着两个人,一个是昨天晚上来过的桑泽刑警,旁边还有一个年轻人,永岛觉得他的脸很熟,却想不起在哪里见过。

这次,桑泽刑警的神情十分严肃,他用手指着身边的年轻人,对永岛说:"你还记得他吗? 他就是昨天那张照片里的人,我的同事,森警官。"

永岛摸着脑袋,不明白桑泽的用意。

桑泽继续说:"我当然知道你不认识森警官,昨天给你看照片的目的,只是为了得到你的指纹。""指纹?"永岛的心开始往下沉。"永岛,你涉嫌杀害大野伸子,被逮捕了。"说着,桑泽从怀里掏出了一张逮捕证。

桑泽感觉自己掉进了冰窟窿,但他还想最后挣扎一下,于是不甘心地问:"你们怎么肯定是我? 水沼清不是死了吗?"

一旁的森警官开口道:"水沼清是死了,是伸子和那把伞让我们怀疑你的。"

"伸子? 伞?"永岛像见到鬼一样失声尖叫,"怎么可能? 这怎么可能?"

森警官微笑着说:"我们在解剖水沼清尸体的时候发现他的左手拇指骨折过,根本不能弯曲,他的妻子也证实了这一点。可是伸子是被掐死的,她脖子上有拇指的掐痕,所以凶手显然不是水沼清。"

"那这和雨伞有什么关系?"永岛还不死心。

"我们在伸子的家里发现了水沼清的雨伞,可是在伞把上,除了他自己的指纹,还有另一个人的指纹。我们想到了你,听说你前天把自己的伞忘在了酒馆,所以很可能把伸子家的那把伞当成是你的了。昨天桑泽刑警特地来用我的照片得到了你的指纹,经过确认,那个凶手,就是你!"

永岛这时像被抽去了骨架,浑身瘫软在沙发上,喃喃自语:"是啊,我小心地把门把擦干净,里外都擦了,可是唯独忘了那把伞,为什么呢,为什么呢……"

（谢　遇　改写）

（题图:箭　中）

警官的交换

　　江洋大盗乔治终于落网了，警局上下一片欢腾。

　　但不久，就传来"审讯陷入僵局"的消息，据说乔治死也不肯交代那些巨额赃款的藏匿处，警局竭尽所能进行搜索，却一无所获。根据法律，不能再超期羁押下去了，规定时间结束后就必须进入庭审程序，所以大家都很焦急。

　　这天早晨，罗杰警官一上班，就被局长叫到办公室，接受了一项秘密任务。

　　罗杰今年三十五岁，是警局最杰出的警官之一，曾经参与侦破过多起大案、要案，局长很赏识他。罗杰向局长"啪"一个立正，说："请局长放心，无论如何我一定完成任务！"

　　说来也真是巧，罗杰的相貌竟然酷似乔治，以至于乔治落网时,局长吓了一跳,还以为乔治就是罗杰呢!

几天后,罗杰以副所长的身份来到看守所。看守们当然不会知道他是来执行秘密任务的,只是接到上级指示,要求他们必须坚决执行罗杰的一切命令。

罗杰到任后不久,就开始审讯乔治。

乔治被带进审讯室时,看到罗杰一愣,嘴唇颤动了一下,但什么也没说。

罗杰看了他一眼,命令看守:"把他的手铐、脚镣打开!"

看守一听急了:"长官,这是不允许的!"看守还想说什么,但突然想起了上级要他们无条件执行罗杰命令的指示,于是便把乔治的手铐和脚镣打开,然后退出审讯室,守候在门外。

罗杰走到乔治跟前,伸出脖子,说:"你看看我这儿,是不是又发展了?"

乔治在罗杰脖梗处的淋巴部位上摸了摸,又伸手在他的腋窝处摸了摸,脸色有些变了:"警官……不,现在应该称您'副所长'了,对不起,这是刚才看守告诉我的。副所长,恕我直言,现在您的淋巴癌已经开始往全身扩散,我看,您最多只能活五年。"

这是怎么回事?原来乔治是个典型的两面人:人前是一家肿瘤医院治病救人的主任医师,可人后却是一个翻墙越壁、赫赫有名的梁上君子。唉,人呐!

说起来,这大概是在五个月前,罗杰的脖子上长了个小疙瘩,他去医院找医生看,接诊的就是这个乔治。两人一见面,不由都发了呆,你看我,我看你,简直像是在互相照镜子!检查下来,结果很残酷,乔治断定罗杰患的是淋巴癌。

当时,罗杰所在的警局,一位副局长快到退休年龄了,罗杰一心想升任这个职位,而此时如果患癌症的事传出去,他的升任之事肯定泡汤。关键时刻,罗杰要求乔治为他保密,乔治一口应诺。

此刻，在审讯室里，乔治有点讨好地对罗杰说："我一直为您保着密呢。这不，您果真提为副所长了。"

可罗杰却摇摇头，叹了口气，说："唉，这有什么用，我最多只有五年好活，看来，副局长是做不成了！"

罗杰一边说一边看着乔治，沉吟良久，像是终于下定了决心，开口道："乔治，如果你肯相信我的话，你给我一笔能让我满意的钱，我就帮你逃出去。你想，只要我和你对换一下衣服，然后把门外的看守叫进来，我不吭声，看守会以为我是你，刚被押回牢里。这样，你就可以拿着我的车钥匙大摇大摆地出去，开车走人，跑得远远的。甚至还可以跑到海外去，当阔寓公去！"

罗杰说完，掏出自己的佩枪，往桌上一搁。

乔治听了忍不住笑起来，讥讽道："副所长，您是不是侦探小说读多了？就您这点把戏，能玩得了我？鬼才信您呢！"

罗杰没理乔治的话茬，接着说："乔治，人是会变的，尤其是当他知道他只能活五年的时候。我必须为我的老婆、孩子存一笔钱，否则我死后，他们怎么办？"

罗杰说着，递给乔治一支烟，为他点燃了，说："你回去考虑考虑，我不急着要你回话。"

其实，罗杰根本就是个单身汉，他哪来的老婆和孩子！

第二天上午，罗杰再次提审乔治，这次乔治改口了，说："我首先要声明，我不是你们要找的那个江洋大盗。我和我们医院一个叫莱丽的护士相好，为了表示诚意，我把多年积攒的钱全存在银行地下室的保险箱里。我们两个说好了，我掌握进入银行地下室大门的密码，莱丽掌握开启保险箱的密码。银行是只认密码不认人的！现在你得了不治之症，我准备尽我的所能帮助你，我可以把进入银行地下室大门的密码告诉你！"

乔治随后说出了一个超过二十位数的密码。他说了两遍，说第二遍的时候，罗杰已经记住了。

但是，罗杰很疑惑："你的那个莱丽小姐怎么会相信我呢？"

乔治说："你记住，我还有一个密码，一个一句话的密码。你把这个密码对她一说，就可以了。"乔治低声把这个一句话的密码告诉了罗杰。

当晚，罗杰就敲开了莱丽的房门。

莱丽一开始还真以为罗杰就是乔治呢，差一点扑上去。待搞清楚罗杰是警察，她顿时就冷了脸，不耐烦地说："对不起，我不清楚乔治的事。"

罗杰说："可是乔治告诉我，只要告诉你一句密码，你就会相信我。"

"什么密码？"

"我非常想念你左屁股上的那只小燕子。"

莱丽一听，脸刹那间一片绯红。她的左屁股上确实文了一只燕子，是乔治亲手为她文上去的。

罗杰说："乔治让你把那十个保险箱的密码告诉我，里面的钱财是他对我的酬谢。然后，我就有办法救他出来，你们就可以一起远走高飞了。"

莱丽愣了愣，脱口道："哪有十个保险箱？只有四个！"

罗杰佯装糊涂："四个？哦，那也许是我听错了，因为当时怕隔墙有耳，他不敢大声说。"

罗杰心中不免为自己略施小计成功而得意：其实乔治只说一个保险箱，罗杰"虚晃一枪"，现在终于弄明白是四个了！

按照莱丽提供的密码，罗杰连夜从银行地下室取出了四个保险箱中的钱财，又把它们存进了另一家国际银行的秘密金库。

天亮后，罗杰又一次提审乔治，趁机偷偷告诉他：自己本来是要帮他越狱的，但这几天监狱方面加强了警卫，这样做恐有不测。好在马上就要进入庭审程序了，乔治只要咬住不说，法官就没辙。一俟有合适时机，罗杰说，他一定会帮乔治的忙。

接着，罗杰故意愤怒地一拍桌子，大声吼道："你这个狗东西，你还是打死也不说吗？"

乔治心领神会，也大吵大嚷："你让我说什么？你们这是污蔑人，我根本就不是你们要找的江洋大盗！"说着，他就朝罗杰身上扑去。

看守听到动静立刻闯进来，把乔治制伏，重新又给他戴上了手铐和脚镣。

之后，罗杰表示身体不舒服，被送进了警察医院。罗杰对大夫说，他脖子上长了个小疙瘩，请他们给检查一下。大夫检查完，深感震惊，立即通知局长，局长马上亲自开车来把罗杰接回了警局。

走进局长办公室，罗杰向局长汇报说："局长，我按照您的计划，以模样酷似可以帮助乔治逃跑为诱饵，想叫他给我一笔钱，以便找出赃物藏匿地，但是，这家伙太狡猾了，不肯上当，我准备……"

局长打断了罗杰的话，关心地说："你不要再想着工作了，先把病治好要紧。"

罗杰问："局长，我究竟得了什么病？医生好像遮遮掩掩的。"

"是淋巴癌。"局长竭力掩饰着沉重的心情，故作轻松地说，"你放心，大夫说，手术后，如果五年内不发作，就没事儿。"

可罗杰瞪大了眼睛，脸色顿时变得惨白，身子晃了晃，竟昏倒在局长的办公室里。

因为找不到赃物，加上乔治又聘请律师替他辩护，所以后来，只根据抓获乔治时的那个案子，判了他四年有期徒刑。

莱丽不知内情，她心想：虽然罗杰没能马上帮乔治越狱，但凭乔治犯下的那些事儿，只判了四年，肯定是罗杰帮了忙。她这么一想，当然就不会再多嘴说保险箱的事了。

被判了四年的乔治还以为罗杰只拿走了他一个保险箱的钱,他觉得用一个保险箱的代价来换取如此轻判,值了。嘻嘻,等四年后出狱,自己照样当富翁。原来,连莱丽也不知道,乔治其实存了十个保险箱的钱,而莱丽只知道其中的四个。

这之后不久,罗杰在一次出国治疗时突然神秘地失踪了,从此杳无音信。局长以为是罗杰想不开,寻了短见。是啊,才三十五岁,年纪这么轻,马上就可以提副局长了,此时得了绝症,谁能受得了?

然而,还是有人知道了,并且看到了罗杰!在美丽的巴西度假海滩上,整过容的罗杰坐在沙滩椅上,左手举着盛满葡萄美酒的杯子,右手搂着身穿比基尼的美人,正在逍遥快活。他如今的身份是委内瑞拉一位石油大亨的儿子,名叫辛威思。没错,他的癌症已到了晚期,活不了多久啦,但眼下的日子还过得蛮不错,你瞧,他一仰脖子,又灌下了一杯红酒……

(老　三)

(题图:箭　中)

是谁杀害了海伦

一个风雨交加的夜晚，小镇上出了件凶杀案：居民海伦被人杀害在她车库前的工作台边。史蒂夫警长带着警员赶到现场，看到海伦尸体旁有一根沾满血迹的铁管，除此之外没有发现任何蛛丝马迹。

无奈之下，史蒂夫警长正准备带着警员离开海伦家，突然看到住在离海伦家不远的艾德加夫妇，正牵着狗往这儿散步过来。

得知海伦被杀，艾德加惊叫起来："这太可怕了，她可是个大美人呀！"

艾德加太太不高兴地瞥了丈夫一眼，鼻子里"哼"一声，说："什么大美人，风骚货！哼，我看小镇上只要她在，就没有一个男人是清白的。"说完，屁股一扭就气咻咻地走了。

艾德加立刻唯唯诺诺地紧紧跟上。

看着他们夫妇俩一前一后的背影,史蒂夫警长陷入了沉思。

这时,有个警员来报告,说是一个叫休伯特的男孩和他的母亲已经被带到了警署,准备接受调查,史蒂夫警长于是就下令撤退。

休伯特是个智障患者,因为平时经常到海伦家玩,所以被带到警署接受调查,他母亲不放心,坚持跟了来。

史蒂夫警长见了休伯特,用特别温和的语气问他:"你认识海伦吗?"

休伯特的脸上立刻显出一种幼稚的微笑,点点头说:"认识,她常常让我在她的车库里玩,有时候还一起喝巧克力茶,我喜欢她。"

"你晚上去她的车库吗?也许昨晚你就去啦?"

"我不记得了。"

"休伯特,"史蒂夫警长突然发现他手上有伤痕,"你什么时候把手弄破了?"

休伯特突然绷紧了脸:"我不知道,也许是爬树时弄的。"

"听着,"史蒂夫警长温和而坚定地说,"仔细听我说,海伦昨晚受到伤害了。你喜欢她,所以你没有伤害她,是吧?"

休伯特两只眼睛转动着,孩子气地说:"我要回家。"

史蒂夫警长见休伯特不愿配合,便决定和他母亲谈一谈:"您能告诉我您儿子的具体情况吗?"

"休伯特十九岁,但是智力只有五六岁孩子的水平,"休伯特母亲疲乏地说,"但是他很善良,没有什么坏心眼,绝对不可能做出害人的事来。"

"休伯特昨晚出门了吗?"

休伯特母亲叹了口气,泪水滚落下来,说:"我阻止不了他,昨晚他很晚还硬要冒着大雨出去,我不知道他去哪儿了。"

史蒂夫警长站起来说:"我知道你相信自己的儿子,但我必须暂时把他留在这儿,找一位合适的医生和他谈谈,我们会好好照顾他的,你也随时可以见他。好吗?"

休伯特母亲勉强点了点头。

第二天,史蒂夫警长不甘心,又驱车来到海伦住处,想继续侦查一番。没料他在门口又遇见了艾德加和他的小狗。当他们互相点头打招呼时,艾德加的小狗突然拼命拽着皮带绳,要冲向海伦家的车道,艾德加则使劲地拉住。

史蒂夫警长立刻警惕地问道:"你的小狗似乎很想跑到车道上去,那是它散步的路线吗?"他说着,从艾德加手里接过拴狗的皮带绳,"我们不妨试试。"他随意地跟在小狗后面,小狗居然毫不犹豫地直往车库前的工作台跑。跑到工作台前,它就蹬起后腿,前爪直往工作台上伸。史蒂夫警长把小狗抱上工作台,只见它立刻就满意地蜷成一团躺下了。史蒂夫警长抬眼一看,发现从这儿正好可以看到海伦的卧室。

艾德加想说什么,史蒂夫警长朝他做了个手势:"我会让人通知你太太的,有什么话请到警署再说吧!"

问讯室里,史蒂夫警长单刀直入地问艾德加:"你和海伦是什么关系?"

"我们之间没有关系,"艾德加差不多要尖叫起来,"我不认识那女人。"

史蒂夫警长冷眼看着他,说:"现在,我可以告诉你我的想法。你每天晚上牵着你的小狗散步时,都要悄悄来这里,从这儿窥视她在卧室里的举动,你说过,她是个大美人。但这一次你在窥视的时候她正好来车库,惊异地发现了你的举动,于是你杀了她灭口。"

艾德加的脸变得刷白,低声说:"警长,我承认,我确实经常来这儿偷看,但是我没有杀她,绝对没有。我发誓,我连碰都没有碰过她。"

艾德加正说着,他太太突然拖着鞋闯进来,嚷道:"你们把我丈夫怎么了?"

史蒂夫警长说："我们正在传讯你丈夫，请你在外面等着。"

女人立刻尖叫起来："他什么也没做，你们不该这么对待他！"

这时，休伯特的母亲也来了，哭泣着要求带儿子回家。

史蒂夫警长点头道："也好，你先把他带回去，以后需要的时候我们再找他。"

休伯特母亲一听，立刻高兴地去领他的儿子。没一会儿，休伯特跟着母亲来向史蒂夫警长打招呼了："再见，史蒂夫警长，妈妈说我现在可以回家了。"

他看到站在警长旁边的艾德加太太，友好地说："艾德加太太，你也在这里呀？你好！我希望艾德加先生的感冒好些了。"

艾德加粗声粗气地说："我没有感冒，孩子。"

"艾德加太太说你感冒了，"休伯特脸上充满了善意，"我只是想问问你是不是好些了。"

"警长先生，请快让这孩子走开，否则我要找律师了。"艾德加太太突然显得有些神情冲动。

史蒂夫警长说："先别着急，艾德加太太。"

他走过，耐心地问休伯特："好好想想，休伯特，艾德加太太什么时候告诉你她丈夫感冒了？"

休伯特摸着脑袋想了想，说："下大雨那天晚上，她从海伦家车库里出来，正好我也去那儿。她说艾德加先生感冒了，下大雨不能出来遛狗，她只好自己来了。我还看到她的手也被什么东西碰伤了，肯定是她那天也去爬了树。"

史蒂夫警长一听，什么都明白了。他瞥了艾德加太太一眼，就这一眼，让艾德加太太低下了头。她承认，确实是她杀了海伦，因为她再也受不了自己的丈夫天天去偷看这个女人。

（郭荣立）

（题图：佐　夫）

奇特的征婚

小镇上有一座美丽的庄园,庄园主叫尼娜,丈夫彼得在三年前的一次战争中不幸阵亡。后来,追求尼娜的人不计其数,但她始终不为所动。

但不知为什么,这天尼娜突然在报上为自己登了一则征婚启事,而且条件非常奇特,要求应征者的相貌必须和彼得一样,所以彼得生前的照片也随启事一起上了报纸。

刚开始大家不理解:守寡三年的尼娜怎么会突然改变了态度?看了启事以后才恍然大悟,她的这一举动仍然饱含着对彼得深深的怀念呀!但遗憾的是,征婚启事登出以后,来应征的人不少,却没有一个能让尼娜满意。

这天,有个流浪汉拿着报纸找上门,说是来应征的。尼娜闻声出来一看,眼睛立刻发亮了:他那栗色的卷发,带鹰钩的鼻子,甚至额头上三道细蚯蚓似的皱纹,实在与彼得太像了。"哦,我的彼得,我不是在做梦吧?"尼娜情不自禁地迎了上去。

流浪汉很有礼貌地回答道:"夫人,我的名字叫汉斯,我想……我想来应征,可以吗?"

尼娜激动得连连点头,即刻吩咐仆人带汉斯去梳洗更衣。等汉斯重新再出来的时候,尼娜越发觉得这个汉斯简直就是彼得的翻版,于是毫不犹豫地就把他留了下来。

尼娜要把自己嫁给流浪汉汉斯的消息,轰动了整个小镇。婚礼举行得非常隆重,新郎汉斯的出现令所有宾客目瞪口呆,他们熟悉彼得,眼前的这个汉斯简直与彼得相差无几。那些当初追求过尼娜的人虽然在心里嫉妒得要命,可也只能眼睁睁地看着这个流浪汉仅凭着一副酷似彼得的模样,就如此轻而易举地得到了尼娜和她那美丽的庄园。

婚后,尼娜和汉斯如胶似漆,形影相随,人们都说,新婚的尼娜夫妇甚至比过去尼娜和彼得做夫妻时还要恩爱。

日子一晃就过去了差不多有一年。这天,汉斯和尼娜正要出门去参加一个朋友的化妆舞会,突然有个陌生女人不知从哪里冲出来,气咻咻地朝汉斯嚷道:"你还认识我吗?你这个没良心的家伙,你在这里过得很快乐是吧?你怎么可以把我忘了?"

"您说什么,太太?"汉斯惊讶地看着眼前这个陌生女人,"我并不认识您呀!"

"哼!"陌生女人喊起来,"你别在我面前装蒜!既然你忘了我们彼此的约定,那就对不起了,你等着,我会让你后悔的!"

汉斯一脸茫然,他还没来得及问清楚是怎么回事,那陌生女人就愤然离去了。汉斯觉得很奇怪,问尼娜:"她是谁,总不会平白无故来找我啊?"

尼娜一撇嘴:"谁知道,咱别理她就是了。"

但汉斯却显得心事重重,舞会开到一半,他就拉着尼娜提前回来了。

果然,事情没这么简单!两天后,汉斯收到了法院传票,那个陌生女人到法院起诉他,说他犯有重婚罪。陌生女人在法庭上说,她叫艾丽丝,她才是汉斯真正的妻子。他们夫妻俩原来住在百里之外的另一个小镇上,因为日子过得十分拮据,有一次,汉斯偶然在报纸上看到尼娜的征婚启事,惊喜地发现自己跟彼得长得十分相像,和艾丽丝商量后,就决定假扮成单身流浪汉去应征,先和尼娜结婚,然后伺机将她除掉,再重新和艾丽丝结婚,这样他们就能完全把尼娜的庄园占为己有。可没想到汉斯娶上尼娜后,却把艾丽丝丢到了脑后,现在艾丽丝找上门来,他居然还故意装作不认识,这叫艾丽丝怎肯善罢甘休?她实在气不过,索性将汉斯告上法庭。我过不上好日子,你也别想过!

不过,面对艾丽丝的起诉,汉斯却显得非常镇静。"哈哈,故事倒是编得挺精彩,"汉斯嘲讽地扫了艾丽丝一眼,"可惜的是,我不具备你丈夫那样的高智商啊!"

汉斯向法官申辩说,自己从小就是个孤儿,四处流浪,在娶尼娜之前从未婚娶,根本不认识这个叫"艾丽丝"的女人,更无从谈重婚了。

但汉斯话音刚落,艾丽丝就冷笑着反击他:"你还要继续装下去吗?好,那我就奉陪到底!"

艾丽丝向法庭出示了她当初与汉斯缔结婚约的证书,同时还有一份经当地警方确认的关于汉斯的身份证明,里面详细记载着包括汉斯的血型、指纹等在内的各项指标。艾丽丝要求法庭马上进行验证核对,她相信汉斯很快就会在这些铁的证据面前认输。可出乎艾丽丝意料的是,最终的验证结果表明,法庭测试的每个证据都与汉斯不符,艾丽丝彻底败诉,反而因诬陷罪被判入狱。

汉斯胜诉回家,喜气洋洋地与尼娜举杯庆贺,两个人安闲地坐在庄园里的葡萄架下喝着香槟,直到夜深了,还觉得没有尽兴。

就在这时候,一声清脆的枪响把他们吓了一大跳,只见一个蒙面凶犯"呼"地突然从他们眼前蹿过,直往庄园深处跑去,一面跑一面还扬着手里的枪,威胁他们说:"听着,不许向警方透露我的半点行踪,否则,我手里这家伙可不长眼睛!"

汉斯和尼娜惊得目瞪口呆:这是怎么啦?为什么老有事情来缠着我们?

凶犯前脚刚走,警察后脚就赶到了,他们向汉斯夫妇出示了身份证件,声称正在追捕一名逃犯,请他俩配合缉拿。还没等汉斯夫妇俩反应过来,警察就带着警犬在庄园里展开了严密的地毯式搜捕。很快,警犬将最终目标锁定在庄园深处的一个香蕉园里,警官当即下令就地挖掘。

汉斯着急地跑上去阻止说:"对不起,先生,眼看这些香蕉就可以收摘了,怎么经得起你们这么折腾?再说了,只一会儿的工夫,那家伙怎么可能会钻到地底下去,这不是太荒唐了吗?"

警官严肃地对汉斯说:"先生,我们的警犬是受过严格训练的,难道你要我们对它提供的线索置之不理吗?"

汉斯一听,只得退让到一边,让警察们动手。

随着土坑越挖越深,汉斯突然神色大变,冷汗不停地从他的脸上往下掉,只一转眼的工夫,警察就发现他在悄悄地移动着脚步。"汉斯先生,难道你不想知道最后的结果吗?无论如何,请协助我们追查到底吧!"警察一句话,就阻断了汉斯的退路。

这时,土坑里露出了一只长长的木箱,警察掀开箱盖,一股腐臭难闻的气味立刻扑鼻而来:里面是一具已经开始腐烂的男性尸体。"汉斯先生,你不会不知道这是谁吧?"警察问。

"不知道,我不知道,"汉斯哆嗦着大声喊道,"这不是我干的!"

"彼得先生,该是你说真话的时候了!"随着一声话音落地,刚才还是逃犯的蒙面男子,不知从哪里突然钻了出来,炯炯的目光直逼向彼得和尼娜,"要不把这个案子揭开,木箱里真正的汉斯是永远也不会闭眼的!"

这个蒙面逃犯正是警局大名鼎鼎的探长杰克,而现在与尼娜结婚的其实就是尼娜的前夫彼得。彼得当年根本没有在战争中阵亡,而是在参战后不久就偷偷逃回了家乡,因为害怕当局追查,多年来他一直藏在庄园的地下密室里,过着不见阳光的生活,只有在晚上才敢出来透透气。为了摆脱这种困境,彼得为尼娜精心策划了这次奇特的征婚,目的就是想不露声色地为自己寻找替死鬼。当流浪汉汉斯掉进这个圈套之后,就在举行婚礼的当天晚上,彼得和尼娜就把汉斯干掉了,然后用早已准备好的木箱把他装进去埋在了香蕉园里。从此,彼得堂而皇之地成了尼娜的新丈夫汉斯。

他们本以为一切都干得天衣无缝,可是没想到汉斯也不是什么真正的流浪汉,他是心怀鬼胎来应征的。杰克探长总觉得尼娜提出这样的征婚条件有点蹊跷,后来通过对彼得当年服兵役的情况调查,得知在战场上并没有发现过彼得的遗体,怀疑就更深了。他特地去参加尼娜的婚礼,目的就是为了对汉斯的身份进行考察;艾丽丝的意外出现,虽然最后败诉,但却给他增强了破案的信心。一个大胆的推断在他的脑海中逐渐形成,于是他亲自策划了这场追捕逃犯的戏,以迅雷不及掩耳之势闯入庄园,挖掘出惊天秘密,一举揭穿了彼得的真面目。

(枭 子)

(题图:安玉民)

看看你是谁

　　吉斯是小镇上新来的居民，虽然平时寡言少语，很少跟小镇上的其他人交往，但他待人和气，见谁都是一副笑脸。

　　这天，小镇上忽然出现了十几个荷枪实弹的警察，将吉斯的住宅团团围住。其中一个拿着电喇叭向里面喊话："屋里的人，双手放在头上，走出屋子，接受检查！"

　　警察话音刚落，就见吉斯双手抱着头从屋里走了出来。几个警察立即端着枪上前把他围住，另外一些警察冲进屋里进行检查。

　　围着吉斯的警察搜了他的身，确认他身上没有携带危险物品后，才让他放下双手。其中一个胖胖的警官上下打量了吉斯一番，说："我是亨利警长，奉命对你进行调查。请问，你叫什么名字?"

"吉斯。"

亨利警长"嘿嘿"一笑,说:"你装得倒很像啊? 不过,你不是吉斯,你是我们警方通缉了一年多的在逃犯那特尔!"

吉斯微微一笑,耸耸肩说:"警长先生,你一定弄错了,那特尔是我的弟弟,我是他哥哥,我们不是一个人。"

亨利警长看了看他,疑惑不解地说:"可是……你怎么跟那特尔长得一模一样啊?"

吉斯哈哈大笑起来:"我跟那特尔是孪生兄弟,从生下来到今天,我们俩不仅外貌相像,连言谈举止都一样。只不过,有一样我俩是不同的! 他是一个被你们警方通缉的在逃犯,而我却完全是一个遵纪守法的公民。"

正在这时,负责进屋内搜查的警察一个个走了出来,向亨利警长报告说,他们没有发现什么可疑之处。

亨利警长听后,朝他们挥挥手,然后掏出一份印有那特尔指纹的通缉令,对吉斯说:"我们不能凭你的一面之词就认定你不是那特尔。请你伸出右手,我要核对你的指纹。"

吉斯立刻十分配合地伸出右手,让警长核对。

亨利警长抓起吉斯的右手,对着通缉令上的指纹,认真对照核查。最后,深深地叹了口气,不好意思地对吉斯说:"非常对不起,是我们弄错了,把你当成那特尔了。"

吉斯轻松地笑着说:"没什么,希望你们早一天抓到那特尔,他是一个十恶不赦的恶魔。虽然我俩是弟兄,但我不能徇私枉法。"

亨利警长对吉斯的态度十分赞赏,称赞了一番之后,就带着警察们走了。

吉斯也回进了家门。

他把门关死,又从窗户里向外面看了很久,确信警察真的走了之后，才挪开大衣橱，拍了一下手掌。于是从夹墙里面走出一个人来，这人长得跟吉斯一模一样，他就是吉斯的孪生弟弟那特尔。

吉斯得意地对那特尔说："嘿嘿，凭着我俩一模一样的长相，那些警察就是有天大的本事，也奈何不了我们！"

一年前，吉斯和那特尔合伙抢劫了银行运钞车，还打死了两个押运保安。不过从一开始，他们两人就精心策划：那特尔在明处干，吉斯在暗中接应，然后就利用长相上的优势对付警察的追捕。平时他们都是一个藏在家里，另一个外出活动，而且很少跟其他人接触，所以这样一来，别人都以为那特尔是罪犯，吉斯是遵纪守法的公民。这个小镇风景很好，两人决定长期居住下来，于是就在这里买了房子，并偷偷挖了一段夹墙。

那特尔对吉斯说："你到夹墙里呆一会儿，我到外面透透气去。注意，千万别出什么岔子了。"

吉斯一边往衣橱后面的暗室钻，一边得意地说："放心吧，我俩演双簧又不是一回、两回了，你只管去外面享受温暖的阳光和新鲜的空气吧！"

那特尔于是神态自得地走出屋子，坐在草坪椅子上，一边吸着雪茄，一边享受着清新的空气，欣赏着天空中自由飞翔的鸟儿。

正在这时，亨利警长带着几个警察又来了，那特尔禁不住一愣，但是很快就镇静下来。他主动向亨利警长打招呼："警长，你还有什么问题没有解决吗？"刚才，那特尔躲在大衣橱后的暗室里，通过吉斯随身携带的极隐秘的无线话筒和窥视装置，早认识了这个胖警长，并把吉斯和他的对话听得一清二楚，现在他跟吉斯就像一个人似的，谁能看得出破绽！

亨利警长先是歉疚地冲那特尔笑笑，然后愤愤不平地说："实在对不起，吉斯先生，刚才我回去向局长报告了在你这里搜查的情况,那个混蛋竟暴跳如雷,大骂我无能……"警长说着,拿出一张纸,对那特尔说,"吉斯先生,给你添麻烦了,请你务必在那特尔的指纹旁边也留个指纹印。"

那特尔强作镇静地说:"有这个必要吗?"

亨利警长恼怒地说:"根本没有必要!可是,那个混蛋局长硬说我刚才察看你的指纹不仔细,他非要我把你的指纹取回去,由他自己亲去核对。"

那特尔脸上冷汗出来了:"我可以拒绝吗?"

亨利警长为难地一摊手,说:"尽管我跟你一样,非常反感那个笨蛋局长的做法,但是,一个公民应该配合警察的工作,这是法律规定的。再说,留个指纹也不会给你带来什么麻烦,你说是吗?"

那特尔站起身来,要往屋里走,亨利警长一挥手,一起来的几个警察立刻上去挡住了他。

亨利警长说:"对不起,请你留下指纹再走。不然,我们将以妨碍公务罪拘捕你!"

那特尔还是强作镇定地推脱着。

这时候,亨利警长朝警察们使了个眼色,警察们立刻一把抓过那特尔的右手,在印有那特尔指纹的旁边又按下了一个新的指纹。

亨利警长一看,立即一声吆喝:"把他给铐起来!"

(张运国)

(题图:佐 夫)

侦缉毒枭

躲避自己的敌人，不知道他们的习惯和生活方式，这是多么荒谬；要是我想射杀树林里的一只狼，我就得先知道所有它经常走的路。

追踪红大衣

　　放暑假后，盛树离开城里父母，到一个偏远的山村看奶奶。下了汽车，徒步路过一个小镇时，他看见一个瘦瘦的男孩正用一件朱红色大衣，换豆腐坊那个胖老板的豆腐，他们已经成交。

　　盛树远远看去，那大衣背上印着一架银白色的雪橇，不由心头一动：去年秋天，他们家所在的那个城市号召市民捐赠衣物帮助贫困地区人民过冬，自己捐的是一件冬衣，那衣服的背上就印着这样一架银白色雪橇……

　　只见那胖老板把这件大衣放到了柜台的一边，盛树走上前去，再仔细一看，又见大衣第二个钮扣下方有两滴被水洗得淡淡的墨迹，那是盛树在做作业时被同桌给沾上的。呀，天底下会有这样的巧事？他越看越眼熟，这太像自己捐的那件大衣了，便不由自主地伸出手去摸右边的衣服兜：如果这大衣确实是自己捐的那件，右边衣兜的里子上应该用钢笔写着自己的姓名；另外，捐大衣时，他还在写着姓名的那个兜里，塞了一块新买的香橡皮，为的是如果得到这件衣服的是个正在读书的孩子，就好用这块橡皮。

盛树的手还没伸到兜口上，冷不丁地被一只沾满豆浆的大手抓住，只见胖老板瞪着两只大牛眼，粗声粗气地喝问："你干什么？"

盛树一愣，赶忙解释："我想看看，这大衣好像是我的。"

胖老板听了，立刻扬起脖子在人堆里寻着，嘴里嚷道："小赵光腚，这里有个孩子，说这衣服是他的……"那个刚用衣服换了豆腐的瘦男孩听了这话，恼怒地冲了过来："这衣服是我的！"盛树赶忙用胳膊架住男孩打过来的拳头，不料男孩闪过一脚，把盛树放倒在地上。盛树这时有点后悔：一件冬大衣，捐都捐了，还去看它干什么？再说，自己真没想到打架，如果要打，也不该被眼前这个瘦骨伶仃的男孩放倒。男孩在他屁股上踢了两脚，盛树机灵地顺势一滚，跳起身来，抡起背上的背包向男孩打去。街上的人都过来劝架，有的拽住男孩，有的拉着盛树，他们之间被隔开了三步远，你想抓我抓不着，我想踢你踢不上。

瘦男孩和盛树互相恶狠狠地瞪了一眼，各自扭着脖子走了。

盛树到奶奶家，就把自己在街上受气的事给奶奶说了。奶奶一边给他洗脏脸，揉着红肿的胳膊，一边说道："你一说，我就知道那男孩是谁了，准是小赵光腚。"

"对，豆腐坊老板管他叫小赵光腚。"

奶奶告诉盛树：赵家以前穷得连裤子都穿不上，有一次村里发救济衣，他爹是光着身子、披着被子出来领的棉裤。从那以后，人们就管他爹叫老赵光腚，管他叫小赵光腚。这两年他爹还得了个邪病，心口疼，恶心，百爪挠心般难受，有人说，那是虫子在他肚里作怪。据说有一回，老赵光腚捡破烂正走到西坡下，那虫子又咬他肠子了，他难受得在西坡下直打滚，后来闻见了一股豆浆味，顺着那味爬，便来到了豆腐作坊前。胖老板给他吃了块热豆腐，不料一吃豆腐，那虫子即刻不咬他肠子了。从那以后，老赵光腚肚子一疼就赶快吃块豆腐，吃了豆腐肚子就不疼了……

盛树好奇地问："没去医院看？"

"他哪有钱上医院？你在这里待上几天就回城里了，犯不上跟那种人计较。"听了奶奶这番话，盛树的气消了许多。

过了十多天，盛树和奶奶去西坡地里刨葱。一抬头，盛树又看见了那个瘦瘦的男孩，就是那个小赵光腚，他正低头夺脑地向西坡下走着，腋下挟了卷朱红色东西。一看见那男孩，盛树又来了气，他不想揍一顿出气，只是想告诉那男孩：这大衣确实是他捐的。

盛树快步上前，站在男孩面前，说："你把大衣兜掏出来看一看，兜里写着我的名字，还应该有一块香橡皮。"

男孩警惕地瞅着他，后退一步说："什么都没有！这衣服是我的！"说完拔腿就跑。盛树在后边追着："你真没良心！"那男孩一阵风似的下了坡，一溜小跑进了豆腐坊院子。盛树站在坡上，居高临下，看见那胖老板走了出来，男孩把大衣交给他，他转身进了屋子。

正在这时，一辆警用摩托开进了豆腐坊院子，上面跳下两名警察，他们绕着豆腐坊宅院很仔细地看了一遍，又把一张布告贴在他家墙上。

盛树知道，那是查毒品的，昨天村里挨家挨户都这样查过。

这时，那个瘦男孩从院子里走出来，很快就没了影。盛树心里一个念头一闪，三脚两步下了坡，蹑手蹑脚地走进豆腐坊的宅院。到了里屋窗前一看，这里堆着些豆饼筐，像墙一样高，从筐的缝隙往里看,那件红大衣就搁在小床上。

盛树心想:把大衣弄出来,看看到底是不是自己捐的那件!他搬掉了一个豆饼筐,露出了一个豁口,找了根竹竿,从豁口伸进去用力一挑,就把床上的大衣挑了出来。盛树忙着伸手翻右边的衣兜,拉出里子一看,上面用钢笔清清楚楚地写着:刘盛树。这正是自己的那件大衣!

盛树高兴得差点跳起来,而几乎是在同时,他发现大衣里暗藏着什么东西,轻轻拆开线,掏出来一看,是四块黑色橡皮,放在鼻子下闻闻,有一股说不出来的味。盛树觉得不对:当初捐衣服时放的那块橡皮是绿色的,不是黑色的;是菠萝香型的,不是现在这种怪味。也许时间长了,颜色变黑了,香味变样了?可当时放的是一块,怎么现在变成四块啦?当时放在衣兜里,现在怎么藏进棉花里子里了?

说来也巧,这时盛树的奶奶正好拎着一捆葱从坡上下来,盛树心头一喜,抱起大衣出了宅院,一阵小跑上了坡,把橡皮给了奶奶……

奶奶一看大惊失色:"哪里来的这东西?"

"这兜里的,我捐这衣服时放下的,这是橡皮!"

奶奶的口气很严厉:"你放的? 这是毒品——大烟膏!"

盛树吓得倒退一步:"奶奶,你又不是警察,你怎么知道是大烟膏?"

"我十几岁时,正好小鬼子来,小鬼子心坏,哄骗中国人种大烟,没几年工夫,这里山上山下开满了乌烟瘴气的大烟花,到粟裕大军解放咱这之前,推门见着的全是晃晃悠悠的大烟鬼。如今咱正过好日子,它倒又露头了! 快下坡去,警察在村里还没走,快交给他们!"

奶奶话音刚落,忽然听见前村警用摩托"突突突"地响着,公安局的人走了,奶奶说:"上大路,拦中巴车,你腿脚快,追!"盛树立刻答应了一声,抱起那件红大衣,顺着山沟向大路方向跑去……

谁知冷不防,豆腐坊那个胖老板追来了,边追边喊:"拦住他,那孩子偷我大衣了!"他的几个伙计拿着扁担、杠子一起紧追了上来……

跑上石桥,盛树看见一个人光着膀子在桥下摸蛤蟆,他灵机一动,忙把大衣朝桥下扔去。胖老板立刻转身去桥下捞衣服,伙计们也一哄而下,刚到桥下,猛然回过神来,又返身往桥上跑。

这时,盛树已坐着中巴车走了,他手里紧紧攥着那四块从红大衣兜里掏出来的大烟膏。一个小时后,在一个加油站附近,中巴车遇上了警用摩托,盛树把那四块大烟膏交给了警察……

原来,盛树捐的那件红大衣,县里分到乡里,乡里分到村里,村里分到了豆腐坊胖老板的外甥"二瘸子"手里。二瘸子在大山里种毒品,瘦男孩的爹捡破烂到山里,二瘸子求他把暗藏了毒品的红大衣捎给胖老板,报酬是白吃两天豆腐。不料,胖老板在豆腐里放了毒品,男孩的爹上了瘾,只半年工夫就成了老赵光腚。为了能得到毒品,老赵光腚就给他们带毒,工具就是这件红大衣。种毒、带毒和贩毒,三点一线,每隔一个星期左右循环一次。有时老赵光腚毒瘾发作,"虫子"开始咬肠子,就让男孩去送红大衣取毒品来吃,男孩没办法,只好替他爹去送毒。人们传说老赵光腚肚子里有"虫子"的话,早已引起警察的注意,于是便开始侦查,盛树的暑假之行,提前将此案破获……

(古京雨)

(题图:箭　中)

惊心的案情

为了招商引资,临河县于前几年在风景秀丽的城北郊外建了一批商品楼,完工后以十多万元一套的价格出售,不到半年就全部卖光。

房地产开发商见行情不错,准备再扩建一批,可就在这节骨眼上,却发生了一桩奇案。

有个老人,是做药材生意的,就住在这批商品楼的 12 幢 2 单元三楼。这天,他从外地回来,吃过晚饭就进卧室休息了。第二天早上,他儿子见他久久不起来吃饭,觉得奇怪,开门一看,吓得一声惨叫,差点晕倒:只见昨晚上还好好的父亲,此刻已成了一具血淋淋的骷髅!

警察立即赶赴现场,经过仔细勘察,发现门没破,箱未动,防盗窗的栅栏完好无损,连那老人衣袋里上千元的现金也还在。由此证明,凶手作案不是为钱,不为钱又为什么呢?一夜之间这一百来斤的血肉之躯成了一具骷髅,这到底是怎么回事呢?

一晃过去了两天,骷髅案没破,公安干警为此坐卧不宁。

不料就在此刻,另一幢楼里又发生了一起惨案:那户人家傍晚来了个亲戚,因为没地方住,就在客厅里搭了个临时铺睡下了。天亮后,主人起来做早饭,发现睡在客厅里的亲戚已死,跟药材商同样成了一具骷髅,连五脏六腑都一点不留。

一个小小的住宅区,接连发生这样的奇案,于是谣言四起,人心惶惶。住在这个住宅区的人就像躲水灾、避瘟疫似的纷纷搬家,有的买房,有的租屋,有的投亲靠友,几天工夫逃得一个不剩。

人走了,房也空了,但还有供电、供水等许多设施,为了防止偷盗,同时也为了注意案子的一些蛛丝马迹,县公安局和城建局联合组成了守护队,由公安局刑侦队一位姓孙的科长带领,日夜巡逻,可是,五天过去了,什么情况也没发生⋯⋯

第六天夜晚,值班巡逻的人突然发现一点亮光,走近一看,原来这微弱的亮光是从12幢3单元三楼的窗户里透出来的。他们当即将情况向孙科长汇报,孙科长马上带了一队警察来到现场,经过一番观察,孙科长决定自己带三个人从南阳台攀援上去看个究竟,其余的人则在下面接应,以求一网打尽,不让一个歹徒逃走。

这些人都是训练有素的干警,孙科长一声令下,一个个就像离弦的箭,"嗖"一下跃上一楼的阳台,接着三下两下登上二楼阳台。

可是当他们正要再往三楼攀登时,一个个都呆若木鸡,谁也不敢动弹,只吓得毛发倒竖,骨软筋麻。你道为啥?原来上面防盗栅栏上爬满了密密麻麻的蛇!这些蛇五颜六色,粗细、长短不一,身体垂在外面,头在栅栏内,像是在观赏什么表演,又像是在吸食什么营养补品。

孙科长一见这情景,不觉倒抽了一口冷气,他知道,这么几个人要对付那么多的毒蛇,是绝对不行的。他判断:这些蛇没有进屋,里面的人怕是还活着。当务之急是救人要紧,于是便下令:"撤!"

四个人撤到地上,孙科长又领他们进了3单元,由楼梯上了三楼,可是铁门紧闭,敲门吧,怕惊动蛇群,惹出大祸,再说,对屋里的情况不明,不可鲁莽。于是孙科长又上了四楼,撬开四楼的门,用绳子将自己从北窗往下垂吊到三楼,再从窗户里进入客厅,然后站到凳子上通过气窗往卧室里看。

只见床上躺着个老头,身边点着个酒精灯,老头端着个老式的鸦片烟枪,正一口茶、一口烟,神仙般的享用着。屋里毒烟缭绕,一缕缕地从敞开的窗户往阳台上飘,爬在铁栅栏上的毒蛇正昂着头,张开嘴,大口大口地吸着。

孙科长探明情况后,马上向局里汇报,并调来了火焰喷射器喷杀蛇群,同时逮捕了吸毒的老头。

据这个吸毒的老头交代,他名叫皇甫端阳,是个老中医,原本在城里和儿子住在一起,自从吸毒成瘾后,遭到儿子、儿媳的坚决反对,三天两头吵架,他一气之下便到这新开发的住宅区买了一套房子,还开了个中医诊所,生意不错,收入也不低。十多天前,他到妹妹家去了,说是去玩,其实是去买毒品,直到今天天黑才到家。本以为在这里吸毒神不知、鬼不觉,谁知那些蛇也会来凑热闹,把公安干警引了来……

根据这一发现,公安局经过调查,才知道前两桩骷髅案的死者也是吸毒者,案情至此终于真相大白:

建这批商品楼的野地本是蛇群出没之处,地下全是蛇窝,由于皇甫端阳长期吸毒,他喷出的毒烟,蛇吸到后竟也津津有味,还能镇痛提神,因此天天晚上都来吸毒烟,而且越聚越多。

蛇和人一样,吸了毒也会上瘾,一天不吸就没精打采,比死还难受。十几天前,皇甫端阳出门买毒品去了,毒蛇一连几天没吸到烟毒,毒瘾发作,痛苦难熬,就四处乱窜,这样就窜到了2单元三楼。

正好此时那个药材商也在吸毒,这些蛇就趴在窗口拼命地吸。这个药材商毒瘾不大,没吸多久就先睡了,可这些蛇却还没过瘾,因为窗门未关,又没有栅栏,蛇就一拥而上,将药材商含有毒味的血肉和内脏吃了个精光……时隔两天,蛇群又碰上另一户人家的亲戚,于是便又有了第二起骷髅案。

骷髅案的侦破,使人们大为震惊,从那以后,临河县再也没人敢吸毒了。

（张　曦）

（题图:刘斌昆）

神秘的女邻居

　　洪涛是个自由撰稿人，好不容易靠稿费挣得了一套属于自己的房子，可这安乐窝却不安宁，每当夜幕降临后，对门邻居要么"卡拉OK"，要么高朋盈门，夜夜喧声大作。夜晚本是洪涛的写作时间，这一来等于断了他的生路，害得他成天长吁短叹：好邻居可遇不可求啊！

　　幸运的是，两个月后，对门邻居卖掉房子搬走了。

　　新来的邻居，是一个二十岁多一点的姑娘，体态婀娜，双目顾盼生辉，让人看着养眼不说，作息时间竟和洪涛完全合拍：每晚8点钟左右，洪涛便会听见对面"咣"的关门声，接着"咯噔咯噔"的脚步声渐渐远去；每到凌晨两点左右洪涛收笔之时，那脚步声又由下而上，开门、关门之后，悄无声息了。

洪涛不禁对这昼伏夜出的女邻居产生了好奇心,看她那副勾人魂魄的长相,会不会是从事那种职业的呢? 说不定能从她身上发掘出素材来呢!

这天凌晨一点钟刚过,洪涛正在写他的作品,楼道里忽然传来一阵急促而杂乱的脚步声,还夹杂着女人的呻吟。洪涛心里一惊,一跃而起冲到门边,贴着门上的猫眼朝外看,只见两个身材魁梧的小伙子将他对门那个女邻居架到她家门口,其中一人腾出一只手来翻她的坤包,似乎是在找开门的钥匙。

"歹徒!"洪涛额头直冒冷汗,来不及多考虑,返身扑向客厅里的电话机,准备打110报警。

他刚拿起话筒,一阵"笃笃笃"的敲门声吓得他灵魂出窍! 一个男人的声音问:"有人吗?"

洪涛大气也不敢出,呆住了。

接着又传来一个女人的声音:"先生,帮帮忙,我的钥匙丢了,帮帮忙吧!"

洪涛听出来那是女邻居的声音。人家有难,不能不帮,他于是"吧嗒"打开了房门。

架着女邻居的两个男人中的一个对洪涛说:"先生,对不起,你邻居是我们的同事,她酒喝多了,钥匙也搞丢了。"他一边说,一边朝洪涛房间里瞟,发现客厅里有长沙发,就说:"看来只有明天想法把门弄开了,现在都已经凌晨了,能不能让她在你这沙发上……"

女邻居也强打着精神求助似的看着洪涛。

洪涛哪里还能拒绝,连忙帮着那两个男人一起,将女邻居抬到沙发上。那两人如释重负地喘着气,说了声"拜托啦",就匆匆离去。

洪涛知道浓茶能解酒,他转身到厨房烧水,准备给女邻居泡茶。可当他再回到客厅时,却惊得目瞪口呆:短短几分钟时间,女邻居已端坐在沙发上，风情万千地看着他，哪有半点醉酒的样子？

见洪涛又惊又窘的模样，女邻居"吃吃"一笑，说："洪哥，今晚我出尽了洋相，又妨碍了你的工作，真是抱歉得很。"

洪涛吃惊地问："你怎么知道我姓洪？"

女邻居朝他灿然一笑："我租这里的房子，总要先了解一下邻居吧？"说罢，她躬身脱下一只高跟鞋，抽出鞋垫，摸出一把熠熠发亮的钥匙，站起身来，拧开房门，飘然而去。只听对面开门、关门声响过之后，一切又归于寂静。

洪涛如身在梦境，好一阵才回过神来。他躺在床上辗转反侧，琢磨着这事的来龙去脉，设想了若干种可能，可是越想越迷糊，直到黎明时分才昏昏睡去。

第二天晚上，对面的开门、关门声又准时响起，紧接着就传来一阵轻轻的叩门声，洪涛的心顿时"怦怦"直跳，不知是兴奋呢还是紧张，他走过去，打开门，一股浓重的香水味儿扑面而来。

女邻居站在门口，浅浅地笑着，神情显得格外妩媚："洪哥，昨晚真对不起！"

洪涛连连摆手："远亲不如近邻嘛，小事一桩，何足挂齿！"

女邻居说："是啊，出门靠朋友，居家靠友邻。今后如果还有什么麻烦……"她特别加重"麻烦"两个字的语气。

洪涛脱口而出："你太客气了，没事，没事！"

女邻居冲洪涛嫣然一笑："你看，我连自己都忘了介绍了。我姓李，今后你叫我小李吧！"说罢，她向洪涛微微欠了欠身，柔柔地道声"再见"，就转身下楼去了。

直到她"咯噔咯噔"的走路声完全消失，洪涛才怅然若失地关上房门。

这天凌晨两点左右，门外又传来熟悉的脚步声，"笃笃笃"洪涛的门又被敲响了。

"是小李!"洪涛一跃而起,连猫眼也没看一眼就打开了门。这几天,他天天从猫眼里目送小李进进出出,早已心猿意马写不出一个字来!

果然是小李,只见她发髻散乱、神色倦怠。

洪涛还没来得及开口,小李飞速向楼道瞥了一眼,回头娇媚地说:"洪哥,你爱看书写字,能不能借几本书给我消遣消遣?"

洪涛大喜过望,连忙闪身将小李请进屋,待小李在沙发上坐定后,就准备去书房拿书。

谁知就在这时候,又一阵急促的敲门声突然响起,几乎是与此同时,小李捧着洪涛的脸庞一阵急风暴雨般的狂吻,然后轻声催促他去开门。

惊慌失措的洪涛完全懵了,呆坐着一动不动。

小李杏眼圆睁:"求你了,洪哥,去开门吧!是找我的,没事。"

门开了,门口一前一后站着两个青年男子,一个目光犀利,一个神色阴冷,他俩看见洪涛满脸殷红的唇印,又看见小李衣衫凌乱地斜躺在沙发上,相互会意地一笑,阴阳怪气地冲着小李招呼道:"好好乐着吧,明晚约会就看你的了!"说罢,便匆匆离去。

惊魂未定的洪涛刚要关门,小李已泰然自若地走到了他的身边:"洪哥,谢谢你。晚安!"说着,她朝楼道里张望了一下,然后就走出去打开对面房门进入了里屋,留下洪涛像个傻子一样呆呆站在原地。

第二天晚上,外面准时响起关门声后,一张纸条从门外塞进了洪涛的屋里。

洪涛拾起一看,上面这样写着:洪哥,谢谢你的关照和指点。这段时间工作忙,晚上可能不回来了,勿念! 小李。

联想到昨晚突然发生的离奇古怪的事儿,洪涛似乎猛然悟到了点什么,他急忙开门追下去,可是茫茫夜色中,哪里还有小李的踪影？这一夜，洪涛彻夜难眠，直到天亮才昏昏沉沉地睡去。

第二天，女邻居没有回来；第三天，也没有回来。一种不祥的预感困扰在洪涛的心头！

第四天傍晚，洪涛从报箱取回报纸，头版一张照片让他瞪大了眼睛：一个英姿飒爽的女警察，正是他的对门邻居小李！照片下面一行标题赫然在目：女警官卧底舍身，大毒枭拒捕毙命。

几天后，警方把洪涛请进了公安局。一名警官向洪涛表示感谢，因为他们为卧底女警官精心选择的这个邻居，果然无意中成功地扮演了掩护人的角色。

这名警官告诉洪涛：小李假扮风尘女子打入贩毒集团，她假装醉酒撒野卖傻，是危急之时的脱身之计；后来贩毒集团对小李的身份有所怀疑，特地派两个负责盯梢的青年男子半夜来验证，为了消除他们的怀疑，小李将计就计直奔洪涛家，故意演一出谈情戏给盯梢者看……

洪涛张着嘴，像是在听一个离奇的电影故事，他几乎不敢相信，这一切竟会发生在自己身边。

警官从抽屉里拿出一把钥匙，递给洪涛说："临终时，小李让我们将这把钥匙交给你留作纪念。她说，如果有机会，很想再做你的邻居。"

（马恒健）

（题图：黄全昌）

刀尖上跳舞

记者铁汉的文笔非常犀利，在圈里素有"铁笔"之称。这天，他正伏案赶写一篇稿子，主编匆匆走进来，交给他一项重要任务。

啥任务？铁汉所在的城市位于西南边陲靠近缅甸金三角一带，大小毒贩常常云集于此。奇怪的是警方缉毒稽查这么严，毒贩们到底是怎么进行毒品交易的呢？铁汉的任务就是配合警方深入贩毒集团内部，挖出他们偷运毒品的内幕，然后写出一篇有分量的报道。

主编把这个任务交给铁汉是有道理的。铁汉在十多年的记者生涯中，曾扮成乞丐深入丐帮达半年之久，曾只身打入非法传销队伍内部，回来之后用手中的铁笔写下了数万字的长篇通讯报道,戳穿丐帮内部的重重黑幕,揭露非法传销的骗人伎俩,在社会上引起巨大的反响。警方也正是因为看中了这一点,所以想与报社合作,联手作战。

但铁汉领了任务却犯了愁。为啥?丐帮好找,传销好进,可贩毒团伙却诡秘异常,上哪去找?主编似乎看透了铁汉的心思,说:"你何不去找找老广东。"主编一句话无疑是提醒了铁汉,他立马有了主意。

说起这个老广东,他曾是丐帮的帮主,是个毒瘾奇大的瘾君子,丐帮取缔后,铁汉考虑到老广东的孤苦身世,曾积极联系戒毒所帮他戒毒,后来又帮他找了一个门卫的差事,还时不时地去看看他。老广东过去长年吸毒,和毒贩混得烂熟,从他那里肯定可以找到线索。

铁汉开门见山,请老广东帮助联系毒贩。老广东极不情愿,因为毒犯个个是把脑袋掖在裤腰带上的主,亡命徒呀,要是他们知道是自己把记者引了来,还不把自己给"零拆活卸"了?但碍于铁汉有恩于自己,思忖良久,老广东终于决定豁出去了。他对铁汉说:"我就提着脑袋帮你一回,不过你可千万不能露出破绽,否则咱俩脑袋都得搬家。"

当晚后半夜,老广东就带着铁汉转大街、拐小巷,来到一个黢黑的巷口,老广东幽灵一般闪了进去,铁汉也紧跟了进去。摸黑走了一段路,老广东压低声音说:"到了!"他掀开脚旁一个下水道的窨井盖,推了铁汉一把:"快下去!"随后自己也紧跟着跳了下去。

两人下到井里,老广东似乎早有准备,掏出备好的手电筒引路。下了竖巷便是横巷,刚刚走出几米,铁汉差点惊奇地叫出声来。咋回事?原来井下面另有一番天地:横巷足有一人多高,两人宽,到处是纵横交错的管子,选择这样的地方做交易,真是又安全又隐秘,毒贩子的眼光真不赖呀!

在巷道里走了一段路，老广东停了下来，掏出一支烟，点燃了。不大工夫，巷道里就隐隐传来脚步声，但远远的不肯靠过来，此时就见老广东把手里点燃的烟卷在空中顺时针方向划了三个圈，又反时针方向划了三个圈，远处的脚步声这才又重新响了起来，越走越近。

来人精瘦精瘦，老广东一看就认识，这人外号叫"黑泥鳅"。黑泥鳅见老广东领来一个生面客，抹头就走。老广东急忙拽住他，指着铁汉说："你别小看人家，这可是个大主顾，我的生死哥们，放心吧，翻不了船！"

见老广东这样介绍，黑泥鳅停了下来，不过那双贼眼始终上下打量着铁汉。看着看着，他突然朝铁汉挥拳打了过来，那拳头结结实实砸在铁汉胸口上，铁汉趔趔趄趄倒退了好几步。

黑泥鳅哈哈大笑，双手一抱拳："得罪得罪，看来你真不是'雷子'，一点躲闪的功夫也没有。"

铁汉这才明白：黑泥鳅怕自己是警察呢！

消除了戒心，黑泥鳅单刀直入问铁汉："你要多少？"

铁汉并不正面回答，反问他："你有多少？"

黑泥鳅瞥了他一眼："胃口不小啊，多少你都能吞下？"

铁汉故作漫不经心的样子，说："咱都是江湖上混的人，不打诳语，我要这个数。"说着，伸出两个手指。

"二十克？"黑泥鳅惊喜地问。

铁汉摇摇头。

"两百克？"黑泥鳅眼睛瞪出来了。

铁汉还是摇头。

"你要两千克？"黑泥鳅惊讶得叫出了声。

铁汉这回才点头。

黑泥鳅顿时就像霜打的茄子蔫了。为啥？因为他只是一个马仔级的毒贩，撑破天只能提供百八十克的东西，铁汉要两千克,那就是整整两公斤哪,这么多货,上哪去弄?眼见到嘴的肥肉吞不下,黑泥鳅当然不会甘心,他对铁汉说:"这样吧,我去跟老板商量商量,看有没有这么多的货。"说完,他要了铁汉的手机号,双方就此分了手。

等到黑泥鳅走远了,老广东和铁汉两个人也出了下水道。走出黑巷子,铁汉先打发走了老广东,自己则钻进街边一家"红玫瑰舞厅"。

此时虽说已是后半夜了,可舞厅里照样灯火通明,人头攒动,铁汉一个响指叫来舞厅老板,指名要了两个坐台小姐,然后就与她们堂而皇之地在大堂里边喝边聊边打情骂俏。这当中,铁汉发现有个戴着墨镜、帽檐压得低低的人进来了两次,环顾四周后又悄悄退了出去。铁汉料到对方一定会不放心自己,所以表面上不露声色,故意在舞厅里混了好长时间,断定对方不会再来人了,才埋单离开。

第二天一早,铁汉的手机就响了,是黑泥鳅打给他的,说让铁汉把钱准备好带上,晚上在老地方,老板要见他。

铁汉心里一声冷笑:哼,这种招数我在丐帮又不是没领教过,他们是在玩花样,老板哪有这么轻易就露面的!铁汉一整天怎么准备的,这里不提,反正到了约定的时候,他欣然而至,可在场的却只有黑泥鳅一个人,并没有见到什么老板。铁汉故作恼怒的样子,责怪黑泥鳅不守信用。

黑泥鳅以为铁汉生气了,急忙安慰道:"你也别急,老板是谁呀,神龙见头不见尾,不到关键时候不会出场的。"

于是两个人只好等。等了差不多将近一个小时,黑泥鳅的手机忽然响了,接完电话,黑泥鳅对铁汉说:"快走,老板要见你。"两人便一前一后朝下水道出口处走去。

走到出口处,铁汉才刚刚探出半个头,一块黑布突然就蒙了下来,紧接着,他的身子就被几双大手给拖了上去,然后又被塞进一辆轿车,飞驰而去。不知过了多长时间,车停了,车门一开,一股难闻的臊臭味儿扑鼻而来,铁汉被拉下车,旁边一双大手摘了他头上的蒙布,铁汉一看,原来眼前是一个养猪场。

铁汉被这伙人推推搡搡走到场子里面,突然从旁边暗影里幽灵般的闪出一个人来,铁汉不看则已,一看顿时惊呆了:眼前赫然站着一个妙龄女子,唇红齿白,艳若桃花,尤其是她那婀娜多姿的体态,好一副跳舞的身材。铁汉的脑海里突然掠过一个闪念:有了,这回文章题目可以叫"刀尖上跳舞"。

女老板开口问铁汉:"是你要买?"

铁汉点点头。

"钱带来了吗?"

铁汉拍拍手上的密码箱。

女老板示意旁边的几个大汉验钱。

铁汉高喝一声:"住手!"

女老板一时愣在那里。

铁汉不紧不慢地说:"道上的规矩,先验货,后付钱。怎么忘了?"

女老板抿嘴一乐:"瞧我这脑子!来人呀,让他验货。"

不多时,几个大汉牵来一头猪。

铁汉吃惊地问:"怎么,这就是毒品?"

女老板嫣然一笑:"别着急,待会你就看到了!"话罢,刚才还美艳至极的女老板,突然变得凶神恶煞起来,眼睛里射出阵阵寒光,只见她手持一柄尺把长的尖刀,慢慢逼近了铁汉,突然闪电一般就直刺过来。铁汉再怎么经历过场面,可毕竟是个书生,这会儿他绝望地闭上了眼睛,心想:完了,任务没完成不说,连命都搭上了。

突然,只听一声撕心裂肺的惨叫声冲破了宁静的夜晚,铁汉吓了一大跳,不由自主地睁开眼睛一看,才发现女老板手中的尖刀不是冲着自己来的,利刃已经划开了猪的肚子,此刻她正从猪肚子里面小心翼翼地掏出一团血淋淋的东西来。看着她那熟练的动作,铁汉心想:怪不得她能当老板呀,原来这么心狠手辣。

女老板并不理会铁汉的神情,把那团血淋淋的东西洗净,放在案板上,然后得意地对铁汉说:"这是特制的塑料袋,那玩意儿就放在塑料袋里塞进猪的肚子,既方便运输又能逃过检查,没想到吧?"

这样的藏毒方式,铁汉还真是第一次见到,他把塑料袋打开,一看,一捏,一闻,果真是那东西,心里不由非常感慨。

女老板说:"货你已经看到了,现在可以给我们看你的钱了吧?"

铁汉也爽快,把手里的密码箱往地上一放,立刻有大汉上去打开,可是才看一眼,就骂了起来。咋回事?里面装的全是冥币。女老板顿时满脸罩霜,四周的那些大汉也都伸胳膊、挽袖管地逼近过来。

铁汉胸有成竹地说:"慢着,我有话说。一是没见货之前谁也不会贸然带钱,这是行规;二呢,干咱这行的,常常有黑吃黑的事儿,我不得不留一手。"

见铁汉这样沉着冷静,女老板不由哈哈大笑起来:"好好好,看来你是干咱这行的老手,今天你要真把钱带来了,我倒反而会起疑心。"

事情到了这一步,铁汉也算是"旗开得胜"了,既见到了真货的秘密藏处,又消除了女老板对自己的疑心,接下来是要探察这帮毒贩的运货渠道了。铁汉趁热打铁对女老板说:"货我已经看到了,这笔钱我当然不会赖账,但你们得负责帮我运出去。"

女老板说:"好吧,老规矩,明晚十二点,我们把这批猪替你运到黑风岭去,咱们在那儿一手交钱、一手交货,怎么样?"

"行!"铁汉表面上装作欣喜异常的样子,心里却冷冷一笑:

这儿距离黑风岭有不下百十里的路,中间要经过好几个稽查站,我看你们怎么把货运出去!他连夜用短信的方式把消息悄悄送了出去,让通知稽查站,凡是猪肚子上有伤痕的一定要仔细检查。

可谁知出乎他意料的是,第二天,这批肚子里藏毒品的猪居然平平安安地闯过了一道道关卡。难道稽查人员没看出蛛丝马迹来?铁汉表面上不露声色,晚上依然准时赶到了黑风岭,到那里悄悄一看,发现运到黑风岭的这批猪,肚子上根本就没有刀痕。怪不得稽查人员发现不了呀!

可这到底是怎么回事呢?莫非女老板让人私下里调了包?铁汉很纳闷。此刻,铁汉知道黑风岭上已经埋伏了大批公安,就等着他发信号来收这批毒贩的网了。可是,为了弄清贩毒分子到底用了啥魔法,铁汉仍然按兵不动。他沉住气,故意做出一副气恨恨的样子,对女老板说:"不对呀,你们想蒙我还是咋的?这批畜生都不是昨天开过膛的,你们把货藏哪儿去了?除非当着我的面再开膛验货给我看看。"

铁汉原以为女老板可能会勃然大怒,或者再玩出什么花招来,没想她却答应得非常痛快:"行,那咱就重验一次货给你看看。"

或许是这次交易的诱惑太大,女老板豁出去了,她哈哈大笑着,主动对铁汉解释说:"也难怪你说我蒙你,嘿嘿,这里的奥秘我当场给你看。"女老板让手下人拉一头猪来,"嘶"一声把它的肚子划开,肚子里果然藏着一个特制的塑料袋。她把塑料袋拿出来,朝铁汉手里一塞,说:"仔细看看,是不是昨天放进去的东西?"

铁汉当然知道女老板说的东西指的就是毒品,他认认真真地验过,点点头,然后又把它塞进了猪肚子里。

女老板得意地笑了:"怎么样,不会再说我蒙你了吧?你接着看!"一眨眼,她不知从哪里拿来一个塑料瓶,拧开瓶盖,往猪肚子的划口处撒了一点粉末,顷刻之间,上面便爬满了密密麻麻的白蚁。

铁汉惊得目瞪口呆:"你这算是给它缝伤口了? 你把它弄成这副样子,还让它怎么过关卡? 你可别收了我的钱坏了我的事啊!"

女老板一听哈哈大笑:"放心吧,这地方马上就会愈合的。实话告诉你,这种白蚁原产于南美亚马逊原始森林,它有个名字叫割叶蚁,闻到血腥味就会死死咬住伤口,只要揪下蚁身,留下的蚁头就成了最好的羊肠线;又因为蚁头也是白色的,所以根本看不出缝合的痕迹!"

女老板说得一点没错,几分钟之后,猪肚子上果然就没有留下一点痕迹了。

铁汉做梦也没有想到,贩毒分子会有如此妙招。在彻底摸清了他们的底细之后,铁汉立刻果断地按照事先的约定,给埋伏在四周的公安缉毒人员发出了信号。

至此,罕见的偷运毒品案终于大白于天下。后来,铁汉以《刀尖上跳舞》为题,记述了这次历险经历,成了轰动一时的爆炸新闻……

(刘春山)

(**题图**:黄全昌)

古怪的乘客

这天晚上九点半,女司机周梅驾驶最后一班公共汽车返回,越往终点站开车上越空,车厢里只有几个乘客。车到"商业大厦"站时,上来一个胖乎乎的中年男子,腋下夹着个不大的包,投币以后径直走到车厢最后一排,在光线最暗的一个位子上坐了下来。

周梅觉得这个人有点怪,从后视镜里瞥了他一眼,问道:"先生哪一站下车?"胖子瓮声瓮气地嘀咕了一句,周梅没听清他在说什么,看他那副爱理不理的样子,也懒得再和他说话,后来他在哪个站下的车也没注意,反正车到终点的时候,那个座位上已经没了人影。

第二天一早上班,周梅把午饭盒往驾驶台旁边一放,就开了车门。谁知第一个上来的竟就是昨天那个怪怪的胖子,上车后他依然径直往车厢后面走,在昨天坐过的那个位子上坐了下来。这还不算,让周梅吃惊的是,这趟巴士从起点到终点要开一小时五十分钟,因为是早晨上班高峰时段,上上下下客流量很大,乘客一直挤得满满的,一直到终点站,周梅才喘口气,在驾驶座上伸个懒腰活动活动自己的腰腿,这时她突然注意到,那个胖子正在车下活动筋骨。

周梅纳闷极了:这人到底是干什么的? 哪有下车后不赶路,倒像是我车上的售票员似的,莫非他还要乘我的车? 于是她便留心起来。

果然,当周梅将车门打开放客时,第一个上车的还是那个胖子,他看也不看周梅一眼,直奔车厢后排那个座位。周梅心里不禁打起了"格愣":这家伙到底想干什么?

接下来的事儿就更让周梅奇怪了:整整一天,那胖子就一直坐在那个座位上,往返于起点和终点之间,连午饭都没顾得上吃。可能那胖子也注意到了周梅疑惑的目光,所以每次上下车他从来不看周梅一眼,坐在座位上的时候眼睛也很少朝窗外看,一直低着头,一副专心致志的样子。

晚上九点半,周梅驾驶的末班车又往终点站驶去,到最后,车上只剩下了那个胖子,悄无声息地坐在车厢的最后一排。这时候,周梅的好奇已经变成了恐慌,她时不时地从后视镜里打量胖子的身影,越想越觉得胖子可能在打自己的主意。

周梅正在胡思乱想的时候,一辆面包车突然从后面蹿上来,又猛地在周梅的车前刹了一下车,周梅眼看自己的车要撞上去了,赶紧一边刹车一边转动方向盘,可还是晚了一步,公交车的保险杠与那辆面包车的尾部擦了一下,两辆车于是先后停了下来。

"野蛮! 哪有这样开车的?"周梅抱怨着,生气地打开车门跳下去。面包车上也下来了一高一矮两个男人，不住地向周梅道歉，表示他们会负全部责任。等协商好赔偿办法，面包车开走后，周梅回到公交车上，这才又想起了那个胖子，一看，那个座位上已经没了人影。她不由松了一口气：这个怪家伙，总算走了！她悬着的心放了下来。

但奇怪的是，车到终点站后，周梅发现自己放在驾驶台上的午饭盒不见了，记得撞车以前明明还在的，估计要拿就只有那个胖子拿了。不过想想也太奇怪了：一个旧饭盒根本值不了几个钱，难道那家伙坐一天车就是为了偷这玩意儿？看来这人八成是个神经病。

第二天早晨，周梅一开车门就注意上车的人，没有胖子；车到第二站，还是没有。这天是休息天，上下乘客不太多，于是周梅每一站都有意无意地留心起来。

一直到将近中午的时候，公交车停靠在站台上，这时候上来了一个衣衫不整的黑瘦年轻人，提着一个又脏又旧的塑料袋，看他那神情，和胖子很像哎，也是目不斜视的样子，坐下后低着头，连窗外都不看一眼。真是见鬼，莫非今天车上又要来个神经病？周梅心里暗暗嘀咕着。

过了一站，又上来了一高一矮两个男子，周梅认出他们就是昨天晚上开面包车的那两个人，高个没理睬她就进了车厢，矮个向投币箱里投币的时候，眼睛直盯着周梅，朝她轻轻摇摇头，示意她不要说话。

周梅不知道发生了什么，她小心地将车门关上，一边起动公交车向前开，一边不时地瞄着后视镜，打量着一高一矮那两个男子，只见他们先是若无其事地往后车厢走，当来到先一站上车的那个年轻人身边时，两个人立刻一左一右把他夹在中间。年轻人似乎意识到了什么，立刻站起身向车门走去。这时，那矮个男子突然伸手将年轻人手上的塑料袋猛地一扯，只听"哐当"一声响,一个饭盒从塑料袋里掉了出来。周梅眼疾手快猛地一个刹车,"吱——"一声,公交车停了下来,周梅回头一看,那个饭盒正是她昨天不见了的那个。

几乎是与此同时,那个年轻人已经被高个男子压在了身下,高个男子从后腰抽出一副手铐,铐在了年轻人的手腕上,矮个男子将饭盒打开一看,满满一饭盒摇头丸。

车上的乘客被突如其来的情况吓了一跳。

就在这时候,一辆警车鸣着警笛急驶而来,在公交车旁停下,一个家伙被警察从车上拉下来,周梅一看,这不就是昨天坐在她车里的那个胖子吗?只见胖子戴着手铐,沮丧的脸低低地垂在胸前。高个男子押着年轻人走过去,胖子偷眼瞅瞅,脸"刷"地白了。"带走!"高个男子一声令下,胖子和年轻人都被塞进了警车,警灯闪烁,疾驰而去。

后来,高个警察到周梅的车上来调查取证,周梅才把事情的来龙去脉搞清楚。

原来市里破获了一起大规模贩卖摇头丸的案件,大买主就是胖子,摇头丸经胖子的手再转卖给各个零售点的毒犯。警方为了一举根除贩毒网络,发现胖子后并没有立即抓捕他,而是利用他抓获他的下线。

但胖子很狡猾,他把和下线接头的地点选在繁华的商业中心。可还没到接头时间,胖子就发现周围有警方监视,于是就跳上周梅的车离开接头地点。为了安全,胖子在车上悄悄撬开座椅,把摇头丸藏在里面的夹层里,自己空手下了车。

胖子当然不甘心丢掉这批货,于是打算第二天铤而走险取回这些毒品。可因为那个座椅被他撬之后松动了,只要有乘客坐上去肯定能感觉得到,这样毒品随时就有可能被发现,没办法,他只有从早晨开始一直坐在这个座位上。加上那天车上乘客很多,他不可能在众目睽睽之下动手,所以只好眼巴巴地坐在那里,而警察的车也就悄悄地在周梅的公交车后面跟了一天。

"可到最后车厢里只有他一个人了,他为什么不动手呢?"周梅不明白。

高个男子笑了:"那是你的警觉帮了倒忙啊!我们也希望他快点取出毒品,去和下线交易。可胖子交代说,他发现你时不时地在后视镜里瞄他,所以他就始终不敢动手,要知道'做贼心虚'嘛!我们猜胖子也是这个心理,于是就故意制造了个小事故,只有这样你才能下车,给胖子提供一个取出藏匿毒品的机会。为了不引人注意,那家伙把摇头丸从座椅夹层里取出来后,就装进了你的饭盒,装作下班回家的样子下了车。"

高个男子打趣地对周梅说:"你开的这条路线,正好是胖子的活动地盘,所以他和下线的交易就还是选择了在公交车上交易,人多反而好遮蔽嘛!巧的是,下线的那个年轻人碰巧上的还是你的车,看来他是来给你送还饭盒了……"

周梅顿时乐得哈哈大笑:"那饭盒我咋还敢用来吃饭?"

(林　子)

(题图:箭　中)

铲 除 恶 魔

恶魔往往用神圣的外表引诱世人干最恶的罪行。一个本领超群的人，必须在一群劲敌之前，方才能够显出他的不同凡俗的身手。

三审刀案

宋朝开宝九年冬季的一天,汴京城有名的泼皮尤五在大街上闲逛,他见一位少妇长得标致,便一路尾随,最后跟到泰和绸缎庄内进行调戏。绸缎庄掌柜孙风上前规劝,不料反被尤五一拳打倒。眼看尤五撕开了少妇的衣服、淫笑着动手动脚,围观的人群中突然冲出一个人,拔出佩刀,一刀把尤五杀了。等地方官闻讯赶来时,只见尤五尸体旁的血泊里丢着一把短刀,杀人者早已不知去向。

京城中大白天杀了人,这可是了不得的大事,消息很快传到朝廷,太宗皇帝亲自过问此事,命开封府尹李符尽快查到凶手,并把结案情况如实奏报。

皇上亲自交办的案子,李符自然不敢怠慢,只三天的工夫就上奏案情:杀人者是少妇的丈夫刘义,在绸缎庄当记账先生,他见尤五调戏妻子,气愤不过才将尤五杀死。现刘义押在狱中,他对杀人一事供认不讳。

李符讲完案情,没想到太宗的眉头却紧皱起来,他问李符:"爱卿可曾查实刘义杀人用的什么刀?刺在尤五身上什么部位?"李符见皇上问得仔细,不觉支支吾吾回答不清了:"什么刀?大概就是普通的佩刀吧?"

皇上眉头又是一皱:"爱卿可再想想,那刘义乃是一个账房先生,自然是文质彬彬手无缚鸡之力,岂会一刀就能夺人性命?"太宗一边说着,一边摇头,他要李符把案情勘问明白后重新上奏。

李符没想到皇上会如此经心地深究一桩民间案子,回衙后便传来办案的推官顾川,详细询问案情。第二天,他带了刘义的供词和杀人的短刀呈给太宗,说刘义杀人一案断得清楚,问得明白,证据确凿,无可非议了。

太宗看了供词,轻轻地哼了一声,让侍者端来一盆清水,将那把沾满血迹的刀洗干净,他拿着刀仔细端详:这把刀一尺余长,柄上七宝镶嵌,其刃可吹毛断发。

太宗说:"此乃宝刀,刘义说是他的,能拿得出刀鞘?他受雇于人,家必贫寒,何来如此宝刀?给人做账房先生,身带短刀何用?难道他早有杀人之心?"这几句话又问住了李符,李符急得头上直冒冷汗。太宗见他一副窘状,轻轻笑了笑,要李符回衙重新勘问此案。

皇上没有怪罪的意思,对此李符心中十分感激,他急急回衙,找到推官顾川,把短刀给他看了,又把皇上指出的疑点讲了。顾川沉思了一会,点点头说:"前日绸缎庄掌柜孙风来衙为刘义开脱,说尽了尤五的劣迹,对刘义十分袒护,形迹似有可疑。如今看来必是他提供了凶器,他是富户,此刀定出于他家。"李符听罢觉得有点道理，他叮嘱顾川，一定要细查深勘，务必短期内结案。

三日后，顾川把案情查清了。李符详细地问了情况，急急忙忙去奏明皇上。令他意想不到的是，太宗听说杀人的短刀是绸缎庄掌柜孙风家的，又皱紧了眉头。

李符拿出了孙风的供词，说是孙风已经供认短刀是他家的，一直没配刀鞘。李符还要说下去，却见太宗拂袖站起，让李符在前头带路，说要去开封府牢狱看看刘义和孙风这两个犯人。

皇上要看犯人，慌得府衙内大小官员都一窝蜂似的围着，侍候在皇上左右。太宗走进关押犯人的大牢，看到锁在牢房角落里浑身血迹斑斑的刘义和孙风，他重重地叹了口气，让人赶快给两人去了枷锁，令府衙派轿子将他们送回家，又赠给银两让他们治伤。

皇上问清此案是推官顾川审理的，龙颜大怒，严厉地斥责顾川审案草率，妄加臆断，滥用酷刑，酿成冤狱。

处罚了顾川后，太宗慢慢踱到李符面前，轻声说："朕知你公务繁忙，但对一些重大事情，可不能只听禀报下结论啊！"

李符连声称是，但对皇上放走人犯却甚感疑惑。太宗看出了李符和众人的心思，便让身边的太监拿出一把刀鞘，又取过那杀人的短刀，"嚓"轻轻一声，刀子入鞘。众人见刀柄和刀鞘上所嵌的宝珠组成了一个"王"字，一个个惊得目瞪口呆：此刀竟是皇上的？

太宗神色肃然，说："朕登基有日，急欲了解民心，连续几天微服出宫。早听说尤五是京城一害，没想到那天正巧碰上他欺辱良家妇女，是朕一怒之下把他杀了。至于这几天一直未说破，朕是想看看地方官是如何办案的。"

皇上短刀试吏情的事，一时传为美谈……

（尹洪林）

（题图：俞耀庭）

七彩佛珠

　　宋朝年间，福建建阳有一个读书人叫宋惠文。这年他北上京都赴考，一日傍晚来到福建和浙江交界处，在路边一个茶肆里坐下歇脚，顺便打听附近有没有投宿之处。

　　茶肆老板叫陆生，是个跛脚，脸上爬满了一条条蚯蚓似的斑驳伤痕，他看看周围没人，附耳过去道："这位公子，你千万不要到前面山腰的寺里去借宿，那儿闹鬼。"

　　宋惠文看他惊恐万分的样子，怀疑道："你又没见过鬼，怕什么？"

　　陆生左右看看，给宋惠文说了一个秘密。

　　三年前，陆生跟同乡好友金开声相伴赴京赶考，那晚他们就在前面半山腰的寺里投宿，睡的是一间临悬崖的厢房，由于一路疲惫,他们很快就入睡了。半夜,陆生突然觉得有什么动静,睁开眼睛一看,只见金开声两只手拼命地在拉扯不知什么时候套上脖子的一串佛珠,可那佛珠却在他脖子上被越扯越紧,紧得金开声脸色通红,连舌头都伸出来了,最后"咚"的一声倒在地上,油灯里的那一点点火苗也随之熄灭了,房间里顿时一片漆黑。几乎是在同时,陆生突然觉得自己的脖子上好像也有一串佛珠靠近过来,大惊之下他从床上一跳而起,推开窗户就往下跳,结果一跤摔下悬崖,浑身擦伤不说,还摔断了一条腿,所幸被一个采药老人救起,才算保住了性命。

三年来,陆生只要想起那晚的遭遇就吓得脸色发白,他一直不敢再去寺里探听金开声的下落,可又舍不下同乡好友的情谊,于是就在山下开了这家茶肆,总想着能再见同乡好友一面,也提醒从这里路过的路人绕道而行,切莫重蹈自己的覆辙。

可陆生不知道,这宋惠文虽说也是个书生,平时却特别喜欢听唐代狄公断案的传奇故事,得空时还会练几下拳脚,听了陆生这话,他不但不害怕,反倒来了兴致。他对陆生道:"谢谢你这番好意,我今天暂且就在这里住一夜,明日非到寺院借宿不可,如若真有鬼怪,我定把它揪出来,为你屈死的兄弟报仇。"

果然,次日一早,宋惠文不顾陆生再三劝阻,毅然上山。

来到寺门前,宋惠文向开门的僧人说自己连夜赶路,非常劳累,想在寺里歇息。那开门僧人见一早就有人来投宿,十分惊讶,他让宋惠文在寺门口等着,自己进去禀报。

过了好一会,那僧人才返回来,把宋惠文让进门,领着他来到寺院西面僻静处的一个厢房前。这厢房南面好像是一间僧人屋,东面是一个小院,院里有一面大鼓,除此之外,周围别无他人。宋惠文进得厢房,见只有西面有一扇窗,推开一看,窗外就是深不见底的悬崖,他心里一动:这一定就是陆生和他好友当年住过的房间了。他不动声色地朝僧人点头道:"好一个清幽住屋,正好可以让我多住几日,温课赶考。"言毕,他从包裹里摸出一锭银子,交到僧人手里,说是一点香火钱。

僧人走后,宋惠文仔细察看厢房里的每一个地方,发现这里的椽柱都是用毛竹做的,一根靠墙的竹子上端还有一个碗口粗的大孔。他觉得很奇怪,就大凳叠小凳地爬上去,眯起眼睛朝孔里看,只见里面黑漆漆的,根本看不出什么,俯耳听听,有些微的风声,估计这根毛竹是和外面或者隔壁僧人房间的哪根椽柱相通的。这会有什么名堂呢?宋惠文一时难下判断,于是又凑上去用鼻子闻,竹孔里竟有一股混合着硫磺的腥臭味,他不由皱起了眉头。

天渐渐黑了下来,僧人给宋惠文送来斋饭,又为他点亮了油灯。宋惠文随口问:"今日来寺里投宿的多吗?"僧人点点头。等僧人出去后,宋惠文从随身带着的包裹里取出一根银针,在饭菜里搅拌了会儿,不见异状,于是就放心地大口大口吃起来。

吃罢,稍息片刻,宋惠文假装睡觉吹灭了油灯,然后在黑暗中一手端着油灯盏,摸索着重又大凳叠小凳地攀爬上去,守在竹孔旁边。

夜渐渐深了,一弯新月落到西边的天际,可是宋惠文却一点睡意也没有。就在这时,他闻到一股越来越浓重的硫磺味从竹孔里飘出来,紧接着又传来一阵"窸窸窣窣"的声音,宋惠文不动声色地静待着,等到那声音逼近了,他摸出火折子点燃了油灯,然后把灯盏里燃着的油全倒进竹孔。没一会儿,"窸窸窣窣"的声音就停了下来,片刻之后,竹孔里隐隐传来一声恐怖的吼叫,再细听,却又没有了声响。

宋惠文赶紧顺着凳子摸到地上,走出厢房一看,只见隔壁僧人屋里烛光摇曳,他轻手轻脚地走过去,推了推门,那门竟然没上拴,"吱呀"一声就被推开了。出现在眼前的,是一个高鼻梁、深蓝眼睛的胡僧,双目圆睁,血红的舌头吐在嘴巴外面,脖子上缠着的一串七彩佛珠,被他的两只手紧紧扯着。宋惠文上去一探,胡僧已经没有了气息,身上却还有温热,显然是刚死。

宋惠文正想在房间里进一步探察,猛然发现套在胡僧脖子上的七彩佛珠"啪"地甩到了地上,并且慢慢蠕动起来。他惊骇不已,抢起边上的木凳就狠砸过去,一下又一下,那佛珠渐渐不能动弹了,他凑上去一看,不得了,这哪里是什么佛珠,竟然是一条色彩斑斓的大蛇。

他四下一看,这房里的椽柱也是用毛竹做的,其中一根毛竹在地上的这一端也有一个碗口粗的孔,孔边是一堆没有烧完的硫磺,还有一个装蛇的竹篓。他顿时明白了:这里的胡僧原来竟是用这么恶毒的办法杀人抢银子的啊!他们先是把大蛇放进竹管,然后用硫磺熏,逼着它顺着相连的竹管爬到隔壁厢房,从那一端的竹孔里爬出去行凶伤人。可这回,他们的如意算盘打错了!宋惠文原先虽然不能确定这竹孔到底是用来干什么的,但总觉得这里一定有名堂,于是就早做准备,用滚烫的灯油把对方给逼回去。那大蛇先是被硫磺熏了,后来又被滚油煎熬着,爬回去之后兽性大发,把主人给活活箍死了。

此时,天色已经微亮,宋惠文索性击鼓鸣怨,把来寺里借宿的路人统统召集拢来。他把前后事情一说,大家听了个个义愤填膺,于是即刻就押着寺里的那些胡僧去了县衙。之后,宋惠文叫来陆生,一起来到悬崖谷底,那里竟都是从半山寺厢房里遭劫跳窗而跌下悬崖的白骨,陆生号啕着扑倒在地,拼命寻找同乡好友的遗骨……

据传,宋惠文后来进京赶考,一举中了进士;之后,居官清廉,体恤百姓,一生经办案件无数,所著《洗冤集录》流传甚广。他,就是中国历史上赫赫有名的大宋提刑官宋慈。

(童程东)

(题图:黄全昌)

天网无形

　　清康熙年间,山东东昌县有个牌坊村,村子不大,只有七八户人家,其中有一户主人名叫刘贵,常年在外做小买卖,只留下老婆孙凤仙一人在家。孙凤仙长得颇有几分姿色,因耐不住寂寞,常常偷着和别人鬼混。

　　这天,刘贵半夜三更赶回家,喊半天也不见孙凤仙来开门,后来好不容易来开了,神色却显得十分慌张。刘贵不免起了疑心,进屋一看,只见后窗大开着,窗台上有两只男人的大脚印。刘贵气得脸色铁青,对着孙凤仙就是一阵拳打脚踢。谁知孙凤仙不但不认错,还大哭大闹,扑上来要抓刘贵的脸,刘贵恼羞成怒,狠狠扇了她一巴掌,然后就摔门而去。

　　当夜,刘贵跑到东昌县城他姐姐家,灌了不少酒,然后盖上被子呼呼大睡。谁知第二天中午他还没起床，几名捕快就破门而入，"当啷"一声把一串铁链子套上了他的脖子。

刘贵哪见过这种阵势？吓得面如灰土，问道："官爷，请问小人所犯何罪？"

捕头板着脸说："别装蒜，到大堂上去交代清楚！"不容他分辩，三下五除二就把他带到县衙。

其实刘贵不知道，他邻居牛三今天一早到他家去借米，刚推开大门，就看到孙凤仙面容恐怖地倒在院子里。牛三魂都吓飞了，大呼小叫喊醒了全村人，对大家说："昨天夜里刘贵回来，不知因为何事，两口子又吵又打，肯定是他毒死老婆后跑了！"大家一听，赶紧报官。

刘贵被带上县衙大堂，县令一拍惊堂木厉声问道："刘贵，你为何要毒死自己老婆？"

刘贵吓得跪在地上直磕头："老爷，小的冤枉啊，小的哪敢毒死老婆啊？"

县令喝道："大胆刁民，你还敢抵赖？邻居牛三昨夜分明听到你们夫妻在屋里吵吵闹闹，这事儿除了你，还有谁会干？"

刘贵不得已，只好把孙凤仙红杏出墙的事儿当堂讲了，说："不信老爷可以派人去查，那窗台上的大脚印清清楚楚的。"

县令于是就派捕头骑快马去取证。

不一会儿，捕头回来禀报："回老爷，那窗台上干干净净的，不曾有什么脚印。"

刘贵一听，心想：坏了，肯定是昨夜自己走后，那贱人把脚印擦了。不禁连连摇头叫苦。

县令认为刘贵不肯招认，便令衙役对他施加酷刑。刘贵打熬不住，只得承认自己在外面有了相好，就带回老鼠药毒死了老婆，并在供词上签字画押。

孙凤仙爹娘已经痛失爱女，又觉得刘贵在公堂上丢了他们的丑,所以对刘贵恨之入骨,还使银两给县令,一定要置刘贵于死地。那县令本是商贾出身,花几千两银子才捐得此官,到任后自然要想办法捞回本钱,岂有见财不收之理?于是收下孙家银两后就把刘贵打入死牢。

案子上报至济南府复审。济南知府周至诚为官清正廉明,颇善断案,他查阅案卷,发现案中有不少地方不能自圆其说,况且如果真是刘贵所杀,为何事成之后不远走高飞,却跑到姐姐家"坐以待毙"?他对刘贵说:"这个案子有些不明,你老老实实把事情经过说清楚,本官替你做主。"刘贵知道自己遇上了"包青天",于是就推翻了原来的口供,把自己的冤情一五一十向知府周大人说了个透。

周大人决定亲自断这个案子。

他来到东昌县城,向捕快、仵作、证人牛三等反复询问,又去察看案发现场,收集各种线索。据仵作报告,那孙凤仙死后浑身乌紫,七窍流血,毒药是下在她喝的鸡蛋汤里的。可周大人到现场一看,发现他家院墙很高,门窗也都非常结实,凶手是怎样进的屋,又是如何作的案呢?周大人推断,那凶手可能与孙凤仙很熟,于是就又把孙凤仙的邻居和亲朋一一传来问询。

可一连忙碌了好多天,案情却没有丝毫进展。

这天夜晚,周大人又拿起收集来的证物细细察看,突然,他发现那个盛汤的瓦盆上有个小孔,用手指一弹,声音十分沉闷。他小心翼翼地把瓦盆敲开,发现从表面上看,这个瓦盆和别的盆没什么两样,可里面却大不一样了,它的底部是空心的,残留着不少剧毒药的药末。

周大人立刻追查下去,查出这瓦盆是一个姓王的窑匠做的,便派人把他抓了来。

王窑匠开始还嘴硬,可一见到证物立刻吓得脸刷白,不待棍棒落下便招了供。原来,他做生意借了孙凤仙五十两银子的私房钱,一直没能还上,眼见利息越滚越多,心里十分着急,就决定毒死这个女人。他想过很多办法,都觉不妥,正好此时孙凤仙要买他的瓦盆,他于是便想出这个毒办法,特地烧了一个底部空心的瓦盆,通过针鼻大的小孔将毒药灌满盆底,再用白蜡封上,卖给孙凤仙。原以为这事儿干得天衣无缝,没想最终却被周大人发现了秘密。

由于王窑匠认罪服法,证物俱在,整个案子就此了结。周大人不仅受到当地百姓赞扬,也得到了上司的赏识,不久就升为江苏巡抚。

时间一晃过去了五年。

这年夏天,周大人在苏州办完差,去寒山寺游玩,寺里的方丈十分仰慕他的为人,不但拿出香茗与他一起品尝,还热情邀他参观寺院。

他们一路走一路兴趣盎然地论今谈古,当来到后院一口吊着的大铜钟前时,突然,那钟竟自个儿"嗡嗡"地响了起来,震得旁边树上的叶子"沙沙"地直往下落。

周大人惊奇地问道:"这钟也不见有人撞它,为何却自个儿响起来?"

方丈笑道:"大人有所不知,此钟乃前朝所铸,一共有两口,并称'阴阳钟'。阳钟在前院,只要它一撞响,这后院的阴钟就会'嗡嗡'地回应。"

周大人一听,饶有兴趣地叹道:"奇妙啊,真是奇妙!"

方丈说:"这两口钟系同一模具浇铸,里面的纹路也一模一样。其实这也不是什么稀奇的事儿,前朝时候,很多寺院都铸有这样的铜钟,佛门弟子若犯了淫戒,就会被扣在阴钟里,只要阳钟一撞,他就会被震得眼珠脱落,周身乌紫,七窍流血而亡。"

周大人听了不觉连连摇头。

说者无心,听者有意。这天回到住地,那寒山寺院里的钟声一直萦绕在周大人的耳边,他不觉想起五年前东昌县的案子,那孙凤仙的死状竟和方丈说的如出一辙,眼珠子也是脱落的。会不会孙凤仙不是毒死的? 可再转念一想:不可能吧,凶手自己都承认了呀!

为慎重起见,周大人便去查看《洗冤集录》,不料书中所述的所有中毒症状,死者眼珠都是突暴的,并无脱落一说。

周大人不觉倒抽了一口凉气:五年前孙凤仙案,很有可能是自己误判了。若真是这样,这该如何是好? 如果去东昌复查,自己今后的声誉和前程肯定会大受影响;但如果不去,心中又如何安宁?

思来想去,周大人毅然去了东昌:自己声誉再大,也大不过天下百姓之事啊! 他令仵作撬开孙凤仙棺材重新验尸,发现孙凤仙的骨头全是白色的,由此推断,她确实不是中毒而死。

周大人捻着胡须沉思良久,得知附近有一座牌坊寺,于是立刻脱下官服假扮香客前去探访。果然,这寺里有两口一模一样的大钟,一口挂在院子里,另一口落满了灰尘,扣在后院一个偏殿的泥地上。周大人一看,这一口钟至少有三四百斤重,没有猛力是没法把它掀起来的,经过仔细观察,他把质疑目标锁定在两个身材壮实的和尚身上。

这两个和尚,一个叫静空,一个叫静觉,周大人让手下把他们叫来,脸一沉,对他们说:"静空、静觉,有人告你们偷了东西,本官要惩罚你们,把你们放进这钟里关上一天。"

静觉听了似乎没有什么反应,对他一个和尚来说,一天不吃不喝并无大碍;可静空却吓得浑身发抖,连连求饶。

周大人突然就猛喝一声:"大胆静空,老实交代,五年前你是如何害死孙凤仙的?"

静空一怔,这才知道自己中了知府大人的计,一下子瘫坐在地上,长叹一声:"唉——命中该有此劫,终究还是不能挣脱啊!"

静空交代,五年前他和孙凤仙勾搭成奸。一天夜晚,他们正亲热时,不想刘贵回来敲门,他吓得大惊失色,赶忙跳后窗跑了,可并没有跑远,就躲在不远处的树丛里,待刘贵前脚一走,他后脚就折了回去,对孙凤仙说:"我们干脆远走高飞吧!"于是两人就匆匆来到牌坊寺,静空去收拾行李,孙凤仙躲在偏殿里等他。不知怎的,孙凤仙不小心弄出了声响,这时住持正好出来解手,听到动静以为是有人在偷东西,就让静空去捉。静空怕住持发现他和孙凤仙的事儿,就赶紧跑进偏殿,掀开大钟让孙凤仙钻进去,想待避过风头两人再悄悄出逃。可没想此时天已麻麻亮,恰是撞早钟的时间,待钟响过后,静空瞅空再去掀开铜钟,一看,孙凤仙已血流满面、一命归西了。静空吓得魂不守舍,于是就趁着大雾把孙凤仙的尸体用袋子装上,悄悄扛回去,栽赃到了刘贵头上……

整个案子总算真相大白!

周大人责罚静空一百大棍之后,判了他一个流放之罪。然后,他修书一封,如实向刑部禀告案情,请求依律惩处自己。事情传到皇上那儿,皇上觉得周大人人才难得,不但赦免了他,还赏赐给他一方上好的端砚。

(叶　强)

(题图:黄全昌)

血色鞋印

　　早年，海宁盐官城外有一大户人家，主人姓张，叫张诚明，在外为官时不幸染病身亡，妻子没过多久也因悲伤过度而逝，张家于是家道中落，儿子张晋每日里只靠教书勉强度日。

　　一日，张晋读书至深夜，忽听有人轻敲窗户："张公子，快开门，有事相告。"张晋疑惑着起身开门，一老者闪身进屋，对张晋说："张公子，还记得老朽罗忠吗？"

　　张晋定睛一看，来者竟然是父母在世时的老管家罗忠。张晋只知道家道败落后罗忠去了城北绸缎庄罗老板罗家，他今天突然造访，是来干什么呢？

　　罗忠对张晋附耳道："罗家夫人吩咐，让你三日后夜里到罗家后花园门外等候，以三次击掌为号，到时自有人给你开门。夫人要见你，还要给你东西，她要帮你早日许下聘礼，迎娶小姐过门。"原来，昔日张家鼎盛之时曾与罗家订下儿女亲事，如今眼看罗小姐到了出嫁年龄，可张晋却无力再下聘礼。

罗忠说，罗老板早就想退了这门亲事，可罗家小姐不舍，罗夫人也不忍，于是便差他暗中传递，想助张晋一臂之力。张晋不相信会有这等好事，罗忠便从身上解下包袱，打开，拿出一套上好的衣服，让张晋穿上试试。罗忠说："这可是罗小姐一针一线亲手为公子缝制的。"

听了这话，张晋心里一热。待穿毕，罗忠朝他上下一打量，摇摇头说："衣服再合身不过了，只是你脚上的鞋这么旧。"他想了想，说："这样吧，我给公子量个鞋码，让鞋匠做好了给你送来。"

临走，罗忠再三关照："此事请张公子千万不要声张，只怕言多必失。"说完，便出门消失在茫茫夜色之中。

三日转瞬即过。这天晚上，夜色漆黑，天上还下着雨，张晋穿戴完毕，只是罗忠的新鞋迟迟不见送来，无奈之下他只得仍然将旧鞋穿上，然后撑起雨伞，往城北罗家而去。来到后花园门外，张晋依约击掌三声，果然门"吱呀"一声开了，一个家童闪身出来，道："是张公子吧？夫人和小姐已等候多时，快随我来。"家童领着张晋在花园里七弯八拐，来到一偏僻小楼前，又击掌三下，一个丫环出来把张晋接了进去。

来到房里，只见罗家夫人正端坐在堂上，张晋忙上前施礼。夫人将张晋扶起，颔首打量道："多年不见，连模样儿都变了。"寒暄过后，夫人拿出一包银两首饰，递给张晋说："这是我们娘儿俩多年积攒的私房东西，你快拿了去，明日就来下聘吧！"

面对如此美意，张晋连连点头称谢。

随后，夫人朝内屋道："儿啊，你也出来见见夫君吧！"

只听内屋应了一声，罗小姐随即挑帘而出，她在张晋面前道了个万福，只叫得一声"张郎"，便哽咽了。张晋与罗小姐只是在小时候见过面，长大成人后这还是第一次相见，他只觉得罗小姐婀娜多姿，让他有说不出的爱怜。罗夫人见得此景，悄悄退了出去，想让他们单独呆会儿，两人于是就有点尴尬，罗小姐羞红了脸，张晋也不知道说什么好。

片刻，还是罗小姐先开口，羞答答地说："张郎，前日罗管家让鞋匠给你做了新靴，放在我这儿，你今天就穿了它回去吧！"说罢，她拿出新靴，给张晋换上。

张晋看看脚上的新鞋，抚着身上的新衣，心里涌起阵阵热流，可他又知此地不宜久留，所以说几句话之后就只好依依惜别，背上罗夫人相赠的包裹，出门而去。不想顺着来路跑到后花园门前一看，门被上了锁，丫环和家童一个都不见，情急之下，他只得爬树翻墙跳出园外，一路小跑回到家里。

第二天早上，张晋尚在睡梦中，忽然被一阵震耳的敲门声惊醒，打开门，几个捕快一拥而入，进屋就到处搜查。一个更夫打扮的人走到张晋面前看了看，对领头的捕快道："就是他！小人昨夜打更时，看见他慌慌张张从罗家花园里翻墙出来。"

此时，已有捕快将昨晚罗夫人给的那个包裹给搜了出来。捕头呵斥张晋道："人赃并获，你还有何话说？抓起来，带走！"言毕，沉重的铁链已经套在了张晋的脖子上，张晋一路大呼冤枉。

衙门县令刘元普这几日正等候新县令许琏接任，不想调离之前又接大案。大堂之上，观者如云，刘县令把惊堂木一拍，喝道："大胆张晋，你昨夜在罗员外家盗窃，杀人放火，可知罪？"

张晋一听：什么？罗家昨夜被盗，还被放了火？这消息犹如晴天霹雳，他当即就被震懵了，愣了半晌才回过神来。为了洗刷冤情，他赶紧将昨夜如何去罗家之事前前后后说了一遍。

刘县令立即传来罗忠，可让张晋吃惊的是，罗忠竟在大堂上一口否认替张晋传信约见一事，并肯定地说："昨夜有人趁雨夜潜入罗家偷盗，不想被正在书房的罗老板发现，偷盗者情急之下竟将罗老板打晕，并放火欲灭踪迹，罗员外不幸就此葬身。事后，罗家人发现火场有柄雨伞，我认出这是张家之物……"

刘县令又传罗家夫人和小姐来堂上作证，不一会儿，夫人和小姐的轿子就到了县衙。母女俩身戴重孝，一到堂上就跪地喊怨："请青天大老爷为我们做主！"张晋回头一看，不禁打起一阵寒战：眼前这夫人、小姐怎非昨夜见到的夫人、小姐？

张晋这才知道大事不好，看来自己是中了罗忠的圈套了。严刑之下，他只得招供画押，被打入大牢，只待秋后问斩。

过了几天，新县令许琏到任。许琏发现罗家纵火案有不少疑点：张晋一介书生，怎会做出此等杀人之事？即使做，又怎会选择在雨夜？事后还把雨伞留在罗家？许琏决定连夜再审张晋。

张晋见自己翻案有望，不禁涕泪交加，就把事情原原本本地向许琏说了一遍。为了辨别真伪，许琏决定亲自去罗家走一趟。

第二天天刚放亮，许琏就带着一干人来到罗家，罗老板的棺木停在正屋，夫人和小姐正在一旁守灵。许琏在罗忠的陪伴下，在罗家四下察看了一番，最后来到偷盗者纵火的罗老板的书房。踏进门，一股浓重的焦胡味扑鼻而来，罗忠解释道："刘县令吩咐要保留现场，所以这儿一直没有清扫。当时老爷就坐在窗前看书……"罗忠一边说，一边掉泪。许琏在书房里查看了很久，出来后关照罗忠："你们可以清扫了。"随后，一干人就回了县衙。

当日下午，许琏在衙门里翻阅案卷，罗忠忽来求见，报告说："老爷，我在清扫书房的时候，发现窗台上有一个暗红色的血色鞋印，还在后花园里发现一双旧鞋，上面沾有血迹。我怀疑这鞋是张晋不慎留在罗家的。请大人明查。"说罢，他将那双粘着血迹的旧鞋呈给许琏。

许琏将旧鞋仔细查看一番，然后带着手下再次来到罗家。此时罗老板的书房已经被打扫干净，窗台上果然赫然有一个暗红色的血色鞋印，将旧鞋一比扣，分毫不差。许琏在书房里一边沉思一边踱步，又对着被烧得焦黑的一面侧墙看了许久，上前用手敲击了一番。忽然，他停手命令手下："来呀，给我把墙敲开！"

手下人立刻应声而上，没多久，这堵墙就被敲开来了，露出一个大洞，里面竟是一间密室。许琏喝道："罗老板，我看你还是自己出来吧！"许琏话音落下没一刻，只见从洞里慢慢走出一个人来，此人脸色苍白，全身颤抖，在场的人一看，果然是罗老板。

罗老板不甘心地问许琏："你怎么知道我会在这里面？"

许琏道："我一直觉得本案有疑点，但又始终找不到进一步追查的线索。今天你的管家来报告说发现了一个鞋印，我觉得非常突然，因为当时书房是我亲自勘查过的，这么重要的痕迹我不可能不注意……"许琏说到这里，冷眼瞥了罗忠一眼。

罗忠哀声道："老爷，都是我……我害了你呀！我看新来的县令大人一直怀疑此案，就想再搞出一个鞋印来，让张家小子吃不了也兜着走，可……"

许琏一听，"嘿嘿"冷笑道："这叫'聪明反被聪明误'啊！上次来，我就发现这书房的墙壁要比一般墙壁厚，我就有些怀疑；后来我又对你们罗家的绸缎庄做过调查，说是最近生意不好做，你们欠了不少债。可前不久，你罗老板却把三十万两白银转移到邻县一个叫吴运承的名下，而这我也查过了，根本就查无此人。看来，你们罗家是想等此事平息之后举家外迁吧？你罗老板为躲外债竟搞把戏蒙人，诈自己死不算，还要借小姐婚事做诱饵陷害张晋。我只是不明白，那夜张晋见到的夫人和小姐，到底是谁？"

罗老板见自己惊心设下的诡计居然被许琏识得个一清二楚，只得哭丧着脸直叹气："唉，那是我差钱叫来的青楼女子。"

许琏连连点头："害人终害己，这是自古以来的道理。罗老板，现在你恐怕真的要家破人亡啦！"

（童程东）

（题图：黄全昌）

柳庄出了人命案

　　柳庄的村长关豹被人杀了，这几天，四乡八里都在议论这件事。正好这时候，有个走街串巷的补锅匠到柳庄来找活，住在村头的李老伯看他人还实诚，就让他寄宿在自己家里。晚上，李老伯让补锅匠和自己喝上一盅，补锅匠趁机好奇地问："听说你们村长被人杀了？"李老伯很干脆地点点头："是啊，杀了！"

　　补锅匠一看李老伯的神情，说："看来这个村长一定不得人心，要不然，做得好好的怎么会被杀了？"李老伯长长地吐了口气，说："这个家伙哪，什么村长，成天欺男霸女，没人不恨他的。他的名字叫关豹，我看真就是长了一颗野豹子的心。"

　　补锅匠不解："我走南闯北见多了，既然他这么无法无天，你们为什么不去告他？""唉，不是不想告。"李老伯重重地摇了摇头，"不瞒你说，前一晚村里大伙儿还在一块儿凑呢，可还没来得及把他告上，就出事儿了！"说到这里，李老伯呷了口酒，瞥了补锅匠一眼，又补充了一句："这事儿，谁遇上都得杀了他！"

补锅匠于是就追着问："到底咋回事儿？你说说。"李老伯说："是他自个儿找的！"

杀了村长关豹的那个人叫张富。那天中午，李老伯和老伴李大娘正在吃饭，住他们家不远的张富跑来说，他媳妇秀女差点上吊死了，让李大娘帮忙过去照看一下，他要找关豹那畜生算账去，说完就匆匆走了。李老伯见张富脸色特别难看，怕他惹祸，赶紧追了上去。追到关豹家的时候，他看到张富已经和关豹交上火了。张富冲关豹："你抢我的羊，还糟蹋我媳妇，你是人吗？"抡起棍子就向关豹拦腰扫去，关豹闪身一躲，张富手里的棍子打在门栅栏上，断成了两截。关豹这时候手里拿着一把刀，他一边吼着："你小子成事啦，居然敢打老子？"一边就没头没脸举刀朝张富砍来。

李老伯怕张富吃亏，拼命劝关豹先停手再说，可哪里管用？村里人听到声音都过来了，关豹便越发逞威起来。只见张富边抵挡边后退，不小心被石头一绊倒在地上，关豹趁机扑上去，照准张富胸口就扎，张富用棍子一挡，关豹手里的刀掉在地上，张富眼疾手快拾起刀要从地上爬起来，关豹又扑上来，张富手一扬，没想到关豹正好当胸扑在刀尖上……

"你说，这畜生不是该着吗？"李老伯气呼呼地说，"可他家里人硬说是张富故意杀人，把张富给告了。唉，吓得张富当夜就逃，现在也不知在什么地方呢！"

补锅匠听了连连摇头，李大娘在一边早抹开了眼泪，对补锅匠说："你不知道，关豹这畜生被杀那会儿，张富他媳妇躺在炕上哭得像个泪人，还不都是这畜生干下的事！"

原来张富的媳妇秀女那天牵着一只怀了羔的母羊到地里去

摘豆角,她明明把母羊拴在地头的树上,谁知没过一会,就听见关豹在喊:"谁家的羊到我家地里来吃谷子了,也没人管管?"秀女扭头一看,天哪,自家那母羊果真跑到关豹家地里去了。她傻了眼,只好赔着笑脸说:"赔,我们赔。"关豹说:"你说一句'赔',这吃了的谷子就能再长出来吗?"秀女懵了:"那……等谷子收了,我们翻倍儿赔。"关豹冷笑一声:"翻倍儿赔算啥?一棵谷子就是一个谷穗,我这块地能打出多少谷子?这打下的谷子又能种多少地?你算算这笔账!"秀女听懵了,眼泪在眼眶里直打转:"村长,你咋能这么算?"关豹笑了:"不这么算还能怎么算?不过,我可以教你个算法,我一斤谷子也不要,嘿嘿,就要你了!"说着,他就扑了上来。村里人这时都在很远的地里割麦,谁也没有听到秀女喊"救命"……一刻钟之后,关豹心满意足地拉着母羊走了,秀女从地上爬起来,一路哭着回家,她觉得自己再没脸见张富了,就一根绳子把自己吊在了房梁上。幸亏张富那天回来早,才把秀女救下,一问是这么回事,气炸了肺。你说,他能不找这畜生算账?

补锅匠问:"张富跑了,警察没抓他?""怎么没抓,"李老伯说,"就是没抓着。咱这地方山高林密,警察地形不熟,抓个大活人哪有这么容易?再说,杀了这畜生,村里人谁不解恨?不过说实话,看张富这样,我们心里不是个滋味啊……"

两个人就这么一边喝着一边聊着,不知不觉夜就深了。

第二天一早,补锅匠起来后对李老伯说,要跟他一起上山干点活,不能在他家白吃白住。李老伯倒也爽快,正好有一片谷地要收拾,于是就把补锅匠带上了山。响午时,两个人坐在地头嚼馍馍,远远地看见有个女人身影一晃,隐进树林里就不见了,李老伯说:"看见没,那就是张富的媳妇秀女,她现在一个人过日子,难哪!"补锅匠听了没吱声,只是望着那一片山林出神。

这天晚上,补锅匠吃了饭倒头就睡,没一会就打起了呼噜,李大娘对李老伯说："别累着人家了,赶明儿让他回吧。"可第二天一早补锅匠却不见了人影,补锅家什还在。奇怪,他到哪儿去了呢,怎么连招呼也不打一个?

直到天擦黑的时候,补锅匠才背着一大捆柴回来,原来他是替李老伯打柴去了。李大娘赶紧端出一锅绿豆汤,说:"我说你这个小伙子,真是实心眼哪!"补锅匠笑了笑,一口气喝下三大碗,随后抹一把嘴说:"谢谢大伯大娘!我姓王,你们以后就叫我王补锅吧!""王补锅?好,这叫法好!"李老伯一听就乐了,"来,王补锅,咱俩今天再好好喝几盅,喝酒解乏嘛!"于是,两个人坐下来又面对面地喝上了,李大娘还特地给他们炒了一大盘鸡蛋。

第二天,补锅匠看看村里没什么活干了,于是就告别李老伯和李大娘,挑着担子颤悠悠地走了。两个老人一直看着他的背影消失在山路的尽头,虽说只有几天工夫,他们却都已经喜欢上了这个外乡人,心想着要是有闺女的话,非让他做女婿不可。

但他们想不到的是,其实王补锅并没有走远,在附近转了一圈之后,他又上了跟着李老伯干活的那座山。昨天他就是在这儿打的柴,他现在对这里的地形已经很熟了,在山上转啊转,中午便转到了又宽又深的谷底。他把自己隐藏在灌木丛里,从这儿望出去,不远处的悬崖边上隐隐约约有一个山洞,高高的茅草和酸枣树几乎遮住了整个洞口。

不多一会,只见一个挎着篮子的女人出现了,她一边走一边四处张望,走到洞口的时候,先是捡起一块石头扔进洞里,过一会洞口的茅草被拨开了,露出一张胡子拉碴的脸,女人先把篮子递过去,随后自己也钻了进去。这个女人就是秀女!

王补锅静静地等着,大约半小时后,秀女出来了,挎着篮子匆匆向山下走。王补锅轻轻地从灌木丛里出来,走到洞口边,喊了一声:"张富!"没人应;又喊了一声:"张富!"还是没人应。他脱下褂子,往洞里一扔,只见一把柴刀从洞里飞出来,紧接着,张富"呼"地一下扑了出来。说时迟、那时快,王补锅飞身一跃就骑在了张富身上,抓住他的手腕一拧,"咔嚓"把手铐给他戴上了。

张富拼命挣扎,王补锅把黑洞洞的枪口对准了他的脑门:"别动,我是警察!"张富顿时没了辙。王补锅收起枪,说:"你早该下山自首了,你这样能躲多久?"张富说:"我每天都想着自首,可判了死刑咋办,不是太便宜那个畜生了? 我不甘心哪!"王补锅说:"根据我了解的情况,你不是蓄意杀人,只要自首,就不会被判死刑。再说了,法院还要调查取证,村里人都可以给你当证人呀!""你说的是真的?"张富懊悔地说,"这下晚了,我没自首就让你给抓住了。"

王补锅说:"你不仅不自首,刚才还差点把我一刀捅了,知道吗,你这是拒捕!"张富急了:"我不知道你是警察,真的,我还以为是关豹家的人杀我来了。唉,晚了,说什么都晚了啊!"说到这里,张富竟"呜呜呜"地哭了起来,"我死了,秀女咋办啊?"王补锅没接他的话茬,只是重重地推了他一把:"你跟我走!"他把自己的左手和张富的右手铐在一起,然后带着他下了山。天傍黑时,他们赶上最后一班开往县城的长途汽车。

经过一个晚上的颠簸,车到县城时已经是第二天清晨了。大街上行人很少,王补锅把张富带到早点摊,两人喝了半锅粥,吃掉一笸箩油条,随后就向公安局走去。走到离公安局大门不远的地方,王补锅突然停下了,意味深长地看了张富一眼,然后把手铐打开,指着公安局的大门对张富说:"你自己进去吧!"

张富疑惑地看着王补锅,王补锅说:"看什么,快去呀!"张富恍然大悟,他给王补锅深深鞠了一躬,这才一步一步走进公安局的大门。迎接他的,是镶嵌在大门上方那颗在晨光中熠熠生辉的警徽。

(刘力平)

(题图:魏忠善)

克尔街凶宅

克尔街是迪特城里一条非常繁华的街道,不是有身份的人是不可能住在这里的。称得上是超级大款的梅涤夫先生,本来在这街上已经有了一套相当不错的楼房,可是最近他又打算拆掉它,再盖一座完全现代化的精品住宅。在他请人画图纸的时候,他的好朋友、大侦探依格就劝他说:"一个人的财产不知有多少只眼睛盯着,你不要太张扬了。"梅涤夫笑了:"老朋友,你是怕我树大招风是不是? 我是在热热闹闹的迪特城克尔街上,又不是在荒郊野外,何怕之有啊?"依格只好苦笑一声了事。

当梅涤夫的新宅破土动工的时候,依格接受了一个跨国界的案子,他知道再提醒梅涤夫也没有用处,就没再多说什么,只是在向梅涤夫告别时,握着他的手说:"祝你好运!"

半年以后，依格刚刚结束了棘手的案件，拿起一张报纸想放松一下时，突然被报上一条醒目的标题惊呆了：迪特城克尔街豪宅变凶宅，主人梅涤夫进住当夜暴死。"暴死?"依格盯着这两个字看了半天，他又伤心又怀疑：好端端的一个人，为什么偏偏刚进新宅就突然死了呢? 依格当机立断，立刻办理机票，飞回了迪特城。

他没有回家，直接来到梅涤夫的新居。那新颖的造型，高档的建材，豪华的装饰，简直让他看得眼花缭乱，一种不祥的预感袭上他的心头，他摇摇头，不由叹了口气："中国有句俗话，叫'包子有肉不在褶上'。老朋友，难道你还嫌嫉妒你的人少吗?"

依格走进工艺铁花的大门，见甬道两旁的草地上撒满了各色的纸屑，显然是庆贺豪宅建成时留下的痕迹，再一看楼厅的正门上，挂着黑色的幔帐，缀着几十朵白花。他刚刚走进厅门，马上有一个人扑在他的肩头上痛哭起来，那人是梅涤夫的独生儿子小梅涤夫，他正在国外的大学读书，是接到父亲的凶讯匆匆忙忙赶回来的。依格安慰他说："孩子，你要节哀呀!"

依格心情沉重地向老朋友的遗体告别。

之后，他把小梅涤夫叫到一个僻静的房间里，开门见山地说："凭我的经验，你父亲是非正常死亡，因为我看了他的瞳孔，他是受了极度的惊吓。""这是怎么回事?"小梅涤夫一下子茫然了。依格很有把握地说："一定是有人看上了这座新宅，想买又知道你父亲不会卖，于是就置他于死地。"小梅涤夫不解地问："可是，还有我呢?"依格说："他们会用同样的手法对待你，你年轻吓不死，可也不敢住下去，于是就会卖。"小梅涤夫若有所思地说："他们要来买? 那不就抓住他们了吗?""是啊，"依格相当自信地说，"我不会让他们跑掉的!"

尽管小梅涤夫不相信事情就这么简单，但他还是听从了依格的话，马上登出了售楼的广告，价钱低得连成本也收不回来。

可是三天过去了，一直没人过问，甚至连个电话也没人打。小梅涤夫沉不住气了，依格安慰他说："你这凶宅别人不敢买，想买的人也就是我们在等的人，又在等着我们降价。再者我在这儿，他也不敢来呀！"

小梅涤夫一听，拉着依格的手说："叔叔，您可不能离开我。""不，"依格摇摇头说，"我在这儿，即使抓住了买房人，又怎么说他就是害死你父亲的人呢？我还必须去找足够的证据。"小梅涤夫问："那人家再来害我怎么办呢？"依格想了想，说："这样吧，我给朋友打个电话，请他来帮助你，他既是个经纪人，又是侦探，这样不会引人注意。"说完，他就拨通了他朋友的电话。果然，他的朋友满口答应，说下午就来。依格对小梅涤夫说："记住，他的名字叫霍尔。"

下午四点钟的时候，门铃响了。依格显得有些激动，对小梅涤夫说："肯定是霍尔先生来了！"说着，他就跑出去开门，小梅涤夫紧紧地跟在后边。可是当他们来到院里时，发现镂空的铁花门外并没有人。

依格似乎还不死心，按了一下电钮，铁门无声无息地开了。就在这时，一辆黑色的奥迪轿车驶了过来，车窗的茶色玻璃缓缓地降下来，一把手枪从车窗里探了出来。小梅涤夫在后边看见了，大叫一声："小心！"哪知已经来不及了，随着一声枪响，依格捂着胸口倒在地上，鲜血透过指缝流了出来。小梅涤夫再抬头看时，黑色奥迪轿车早已不知去向。

小梅涤夫拦住迎面驶来的一辆车，想把依格送到医院。正巧，司机是依格的朋友，他对小梅涤夫说："您不用管了，我会照顾他的。"依格吃力地说："放心吧……霍尔先生天黑以前……一准来。"车急速开走了。小梅涤夫心里非常不安，他怕霍尔先生不来，到了晚上，他会像父亲一样，被那伙人吓死。还好，一个小时后，门铃又响了。小梅涤夫叫下人去开门，一再叮嘱不问明白千万别让他进来。不一会儿,下人把一个秃顶、跛脚,看上去有点儿呆头呆脑的人领到小梅涤夫面前,说这个人自报就是霍尔。小梅涤夫犹如兜头一盆冷水浇下来:依格叔叔怎么介绍这么一个人来帮忙?这样的人能顶事吗?可是这会儿也没别的咒念了,只好拿这位霍尔当菩萨供着了。

霍尔似乎很有信心,说买房的人不来便罢,来一个抓一个,来两个抓一双,定叫他有来无还。小梅涤夫心说:这会儿您是放开了吹,等人家来了就看你怎么动真格的了。

当天晚上,小梅涤夫和霍尔睡在一个房间里。霍尔头一沾枕头马上就打起呼噜来,小梅涤夫却睡不着,一闭眼就觉得有龇牙咧嘴的怪物出现,不知出了几身冷汗,他才迷迷糊糊地睡去。可是到了半夜他却被一阵声音吵醒了,他闹不清是梦里,还是真有什么声音。他欠起身子看了看霍尔,只见他虽然不打呼噜了,可还是一动不动地睡在那儿。小梅涤夫想想他那副跛脚样子,只好自己从枕头底下摸出枪来,悄悄地走出房门,在楼道里蹑手蹑脚地走着。刚走到一个转弯的地方,突然他持枪的手腕被抓住了,紧接着枪就被缴了过去。他正要惊叫,发现这人竟是霍尔。霍尔告诉他说:"外边什么事都没有,回去睡吧。"小梅涤夫往回走着,心里直嘀咕:他不是在睡觉吗?回到房间里一看,霍尔的床上只有一床被子,弄成个人的形状。小梅涤夫心里一个闪念:这个霍尔是不是真的呢?当初依格也没给我看照片,谁知道他是什么样呀?

这回小梅涤夫可真睡不着了,好不容易熬到天亮,刚刚吃过早饭,小梅涤夫正和霍尔在二楼的一个房间里说着闲话,小梅涤夫家的下人来报告说买主来了。小梅涤夫看了霍尔一眼,霍尔点点头,小梅涤夫就叫带那人上来。来人是一个三十出头的年轻人,看上去非常精干,身穿一身咖啡色的西装,手里提着一只很精巧的密码箱。他走进房间,大模大样地一坐,也不砍价就说:"这楼房我买下了!"霍尔一听,马上问:"钱准备好了吗?"来人利索地打开密码箱,露出里边一叠叠钞票来。霍尔拿起一叠用手一捋,发出"哗哗"的声音。他脸上带着微笑,说:"我们可以办手续了。"气得小梅涤夫真想问问他:"我找你就是为了卖房吗?"可是话到嘴边又咽下去了。

霍尔取出事先准备好的合同书,对来人说:"咱们先签好字,点了钱,然后再去办个过户手续就可以了。"说完,他先在证人一栏签了名,又把笔递给小梅涤夫。小梅涤夫瞪了他一眼,没好气地签上了名,把笔扔在桌子上。霍尔根本不在乎他的态度,捡起笔,客客气气地把它又递给了来人。小梅涤夫突然发现霍尔和来人的眼睛里,全都掠过一丝发自内心的喜悦。他一下明白了,霍尔和来人是一伙的,说不定真的霍尔被他们给杀了。就在来人签字的一刹那,他大叫一声:"这房我不卖了!"他的话音刚落,只见霍尔手腕一抖,一道寒光闪过,一副手铐就戴在了来人的手上。

小梅涤夫还没明白过来是怎么回事,突然,只见来人一个旱地拔葱跳到了桌子上,紧接着往上一跃,身子像旋风一般转了起来,然后猛地向窗户撞去,只听"咣啷"一声,窗户被撞开了,他一个闪电飞出了窗外。霍尔和小梅涤夫冲到窗前一看,只见那人摔在地上,一个鲤鱼打挺蹦了起来,可是没走两步又摔倒了。小梅涤夫正要问怎么回事,只见又一个人跳了出来,一脚蹬在那人的胸口上,同时用枪点住了他的脑门儿。

霍尔对小梅涤夫说:"我们下去看看!"说着迈开大步跑了下去。小梅涤夫跟在他身后直纳闷:他的脚怎么不跛啦? 只见霍尔一边往下跑,一边把自己的秃头皮抓下来,又把八字胡扯了下来。小梅涤夫虽然是在后边,可是也彻底明白了:什么霍尔啊,原来就是依格! 依格和小梅涤夫到了院里,一看那人已被彻底制服。依格对那人说:"我在这儿你不敢来,你以为我让人打伤了,甚至是死了,可惜我好好的,什么事也没有,而且正耐心地等着你。你没让我失望,还真的来了!"那人叫着:"我来买房,你凭什么抓我?"依格冷笑着说:"我出国前请我的朋友注意谁对新楼最注意,他们说是你。我还没说卖房,你就在门前转来转去,自从登出卖房的广告后,你来得就更勤了,可见你是别有用心!"那人还要说什么,依格说:"你的情妇已经在我们手里了,还需要我多说什么吗?"那人这才傻了眼。

小梅涤夫一看那人的脚上挂了一副脚镣,这才知道那人为什么老摔跟斗了。可这脚镣依格是什么时候给他挂上去的,小梅涤夫怎么也没想明白。依格似乎懂得他的心思,指着给自己帮忙的那个人说:"这位才是真正的霍尔先生呢!昨天就是他开着车打了我一枪,当然枪是空的,我自己把事先准备的装有红色液体的塑料袋挤破了,让你以为我的伤口在流血。还有,送我去医院的那个司机也是我的朋友。我后来到酒吧喝了一杯啤酒,又以霍尔的身份回来了,我那位朋友呢,就去找这位买主的情妇,说这位买主全招了。那个傻妞信以为真,把什么都说了,于是我们就拿到了抓人的证据。"小梅涤夫还是摇头:"我不明白,这一切你们都是什么时候商量的呢?"依格拍拍霍尔的肩膀,笑着说:"这就是我们的秘密了。"

依格和霍尔押着那人走了,临出门时,他回过头来对小梅涤夫说:"放心吧,这座你父亲精心设计的住宅,再也不会有什么事了,是卖还是自己住,全凭你自己做主了。可是别忘了,你还得回去念书!"

（崔　陟　整理）

（题图：箭　中）

密室谋杀案

近日,某地发生的一起密室谋杀案,引起了社会各界的广泛关注,不光电台里有声,电视里有影,就连地铁站、理发店、饭店的餐桌上,人们都在谈论这件事。

这桩密室谋杀案,有三大神秘之处:第一,死者田中博士,是著名的高科技专家,已经发明了多项专利,据说一向与世无争,怎么会有杀身之祸呢? 第二,致死的直接原因是由于胸部受到强力挤压,造成窒息身亡。据法医的验尸报告,田中的尸体就像海蜇一样,骨头都被挤碎了,这可是过去闻所未闻的啊! 第三,田中是在自己的研究室里被杀害的,门上的锁是从室内反锁上的,现场没有留下任何线索。

市警察局刑侦处资深警官铃木被上司指派负责侦破此案。

接到任务后,铃木立即带着助手加藤去田中的研究室勘察现场。加藤虽说刚参加工作,但眼光相当敏锐,勘查完毕他就判断说:"这是一起典型的密室谋杀案!"

铃木点点头:"是啊,凶手的作案手段很残忍。"

加藤望着上司,继续发表自己的见解:"现场没有留下任何犯罪线索,说明凶手极有可能是个老谋深算的惯犯。"

"嗯,有可能。"铃木若有所思地继续点头。

加藤毕竟是新手,问铃木:"密室的门是从里面反锁上的,罪犯究竟是如何作案的呢?"

铃木提示他:"如果发现不了歹徒作案的方法,那么不妨先从他作案的动机入手,展开调查。"

"可是,到目前为止,我们还不知道歹徒这么做,是因为积怨,还是因为谋财。"

"是啊,田中一向作风严谨,在学生中口碑也不错,积怨的可能性应该不会太大;至于财物嘛,他一向致力于科研,专利所得大部分也都用于建立新的科研项目,家中恐怕也不会有太多积蓄吧……"铃木一边分析,一边沉吟道。

铃木不愧是资深警官,很快就有了新思路,他压低声音吩咐加藤说:"我们就先从田中正在研究的科研项目入手,或许能发现蛛丝马迹。加藤君,你立刻去请专家协助调查。"

加藤应了声"是",一溜小跑离开了现场,铃木也随即回了警局。

可谁知田中案尚未见分晓,几天后,当地一家酒店的一个客房里,又有人神秘死亡。死者是田中的研究助手佐佐木,而且死状与田中极为相似:骨头粉碎,胸部受压,窒息而死。

铃木决定去拜访田中的夫人。

他带着加藤来到田中家,这是一所普通的宅院,加藤按响了门铃。不一会儿,门开了,两人只觉眼前一亮,一位身穿和服、光彩照人的俏丽女子出现在他们面前。

铃木和加藤礼貌地鞠了个躬:"您就是田中博士的夫人田中正子吧? 我们是负责博士案件的刑警,想向夫人您了解一些情况。打扰了,请多原谅。"

"喔,是这样。两位请进……"田中正子举止雍容地把铃木和加藤让进屋,随后把他们引进餐厅落座。这使两位刑警稍稍感到意外,他们本以为她会把他们让进客厅的。

田中夫人解释说:"我正巧刚做了午饭,两位如果不嫌粗陋,就请在这儿用餐吧。"

铃木一瞥眼,果然,餐桌上的汤锅里正"腾腾"地冒着热气。他们赶紧礼貌地推辞:"夫人的好意我们心领了,但不必麻烦了。"

没想到,田中正子却突然身体微微颤抖起来,嘴唇哆嗦着说:"我中午做的,是博士生前最爱吃的乌冬面,这本是前些日子别人亲手擀了特地送来的,不料他还没来得及吃就……"说到这里,田中正子泣不成声。

一时间,两位刑警竟不知如何安慰她才好。

田中正子抬手擦擦眼角,再次热情相邀道:"自从博士去世后,我做饭总是过量,两位警官为博士如此奔波劳碌,如不嫌弃,就请在这里用餐吧。"

"啊,"铃木一听,当即微笑着说,"我确实有些饿了,既然夫人这么说,那我们就不客气了。"

"是啊,夫人,那就谢谢啦!"加藤也附和着。

田中正子一看两位刑警点了头,立即就动起手来,只一会儿工夫,两大碗喷喷香的乌冬面就摆在了他俩面前。看着他们"稀里哗啦"地大吃大嚼的样子,她的脸上不禁露出了笑容。

铃木边吃边赞:"真香啊!"

加藤也夸:"不愧是正宗的赞岐乌冬面,好吃!"

　　田中正子满足地点点头,说:"欧洲的面食业不如亚洲发达,两位知道是什么原因吗?"

　　加藤直摇头:"谁说欧洲面食业不行? 意大利的通心粉吃起来也不错啊!"

　　"通心粉是在刀叉发明之后才出现的呀。"田中正子带着一种内行的口气说,"在欧洲,虽说用刀的时间长,而吃面食最方便的餐具当数筷子了。"

　　"是啊,筷子在我们的饮食文化中起到举足轻重的作用,面食可能就是因为筷子才产生的吧?"铃木一边附和着,一边向加藤递眼色,示意他把话题转到案件上去。

　　于是,加藤就轻轻地咳嗽了一下,问田中正子:"对不起,夫人,冒昧地问您一下,田中博士的研究助手佐佐木先生,您认识吗?"

　　听到"佐佐木"三个字,田中正子微微一怔,随即淡然地回答道:"是的,佐佐木君是博士的研究助手,我认识。"

　　加藤说:"今天早晨,佐佐木先生在市内一家酒店里被杀死了,死因与田中博士极为相似,凶手可能是同一个人。不知夫人您能不能向我们提供一些有用的线索?"

　　听加藤这么问,田中正子眼中含泪,紧咬嘴唇,一言不发。

　　铃木与加藤对视一眼,突然说道:"根据我们的调查,您和佐佐木先生有不一般的关系,死者在被杀之前,还曾经与您有过亲密接触。"

　　"啊?"田中正子吃惊地抬起头,"你们怀疑我?"

　　"是的,在案件没有调查清楚之前,任何与本案有关的人都是涉嫌对象。我们请您到警局协助调查,也是例行公事,希望您能理解。"

　　"啊,原来如此。我一定会尽力配合。两位先在这儿慢慢吃,我去梳洗一下。"说话间,田中正子已经走到了餐厅门口。

　　当她走出餐厅后,加藤有些担忧地问铃木:"警官,她会不会逃跑?"

　　"不会,"铃木肯定地说,"现在还没有证据证明她就是凶手,如果逃跑的话,她不就自我暴露了吗? 我看她不会那么傻。加藤君,有关田中的研究课题,你向那些专家调查得怎么样了?"

　　"我正要向您汇报,请稍等,"加藤一边说着,一边拿出记事本。记事本里夹着一根像金属丝一样的东西,它非常细,细得会被人误以为是纤维。"您瞧,警官,"加藤边说边用手指捏起那根金属丝,放进桌上一杯已经变凉的清水中;少顷,他把金属丝从凉水中取出来,递到铃木面前。

　　"啊,它怎么变粗变硬了呢?"铃木惊讶地瞪大了眼睛。

　　加藤解释说:"我请教了专家。专家告诉我说,这是一种形状记忆合金,田中已经就这项发明取得了专利权。这种记忆合金的特征是能够依靠对温度的控制对它进行变形,并且在变形的时候产生令人惊讶的力量。尤其令人不可思议的是,人们能在低温下对它设定任何一种程度的变形温度,一旦达到那个温度,变形就会产生。这真是一个了不起的发明啊!"

　　铃木听着加藤的解说,若有所思地看着那根金属丝,突然他抬起头来问加藤:"你觉得房间里现在是不是比刚才冷一些?"

　　"是的,可能天气有点热,田中夫人为我们开了空调吧?"

　　"这个恶毒的女人,"铃木跳起来就去关空调,"她想杀死我们。加藤君,她想把我们的胃变成千疮百孔。"

　　"为什么?"加藤不解。

　　铃木关上空调,回到餐桌旁,撩起一筷子热气腾腾的乌冬面,把它放进一杯凉水中,顷刻,一条条柔软的乌冬面竟变得像一根根钢刺一样,锐利而又坚硬。

　　不用铃木再作解释,加藤就明白了其中的道理。

　　后来,法医从田中被害时所穿的内衣中,果然检测出了这种形状记忆合金。

　　原来，凶手将该记忆金属丝织进了田中穿的内衣，当环境温度通过空调降低到预先设定的变形温度时，内衣里的这些金属丝立刻变粗变硬，直刺田中胸膛，并且将他的手足关节扭断，全身骨骼粉碎。而到预先设定的变形时间结束后，金属丝又会恢复到原来状态，常人根本无法察觉。

　　当然，法医也在佐佐木的内衣里发现了同样的形状记忆合金。

　　这是多么巧妙而又阴险的犯罪啊！

　　案情至此真相大白，作案者正是田中正子。

　　面对铁证如山的犯罪事实，田中夫人不得不承认，她是因为婚外恋走到这一步，才变成一个杀人不眨眼的恶魔的。至于铃木和加藤，在经过整整两天的手术之后，他们胃里那些随乌冬面吃下去的金属丝，全部被取了出来，身体也慢慢恢复了健康。

（关　月　改编）

（**题图**：张　恢）

严查命案

罪恶镀了金,公道的坚强的抢戳在上面也会折断;把它用破烂的布条裹起来,一根侏儒的稻草就可以戳穿它。

猎人

　　大清康熙四年初秋，安州爆出一条惊动全城的消息，一个外乡来的客商，悬赏一万两黄金，求购一只花熊。这花熊就是现在的熊猫，在当时也被老百姓奉为神物，轻易不可捕杀的。

　　那客商进城的时候派头十足，锦衣骏马，身后三个随从，赶着两头骡子，驮着四个包裹严实的箱笼。此人一到安州，就入住最好的瑞祥客栈。

　　当日下午，那客商在安州城东西南北四门分别张贴出四张告示，说他家有七旬老母，身患绝症，须得花熊的皮毛做褥垫，骨肉为药引。得知安州千佛山上有花熊出没，愿以万两黄金求购。

　　消息传出，轰动安州。安州城东西南北四门住着的张、王、李、赵四位猎户，分别揭下告示，来到瑞祥客栈。

这四位猎户,在安州城可谓威名赫赫,个个都身怀绝技。四位猎户见到那客商,说:"花熊可是神兽,箭伤不了它,刀砍不进去,平常神出鬼没,难得见到行踪,要捕捉它,怕是很难。"

客商听了,微微一笑:"正是因为难,才有劳各位出马呀。不管是谁,只要捉到花熊,我就相赠万两黄金,绝不食言。"

几个猎户听了,精神一振,说:"您既然一片诚意,我们也应当尽力相帮。我们虽没捕猎过花熊,倒也和它在山里见过几面。我们一起上山,谁先捕猎下山,你和谁交易就是了。"

客商问:"你们何不一起围捕,不是更容易些?"

李猎户道:"早年我们还是有这习惯的,但是每次分取猎物总是难得均匀,以后索性就不合作了,倒也少了许多纷争。"

客商叹道:"看来这打猎和做生意是一般道理,宁可共同娶老婆,也不一起做买卖啊。"

次日,客商在瑞祥客栈摆下酒宴,并厚礼请来安州知府大人,为四位猎户壮行。酒酣耳热的时候,客商叫随从抬出箱笼,打开,屋子里顿时金光四射,那满满四箱笼黄金,直看得四位猎户和围观的人们一个个目瞪口呆。

知府大人哈哈大笑,站起来说:"天下难得如此孝心之人,真是感动天地啊!"他一一唤过那四位猎户的名字,嘱托他们要尽心尽力,争取早日捕获猎物,圆了客商的心愿。

当日,四位猎户就各自持家伙上了千佛山。

从他们上山的那一刻起,安州人就翘首盼望,看到底是谁有本事第一个捕猎到花熊,赢得那万两黄金。

七天过去,这一日黄昏,有人看见李猎户驮着一头花熊远远走来。安州城顿时轰动,大家蜂拥而至,把李猎户英雄般簇拥到了客栈。客商接到消息,已早早站在那里相迎了。

一身伤痕的李猎户将花熊搁在客商跟前,一边叫来辆马车,准备搬运那万两黄金回家。客商看了看面前的花熊,微微一笑,招手叫随从抬出那四箱笼黄金。眼看万两黄金就要有了归属，人群顿时轰动起来。

李猎户正要将那四箱笼黄金搬到马车上，却不想被那客商一把捉住手。客商问道："还有三位猎户呢？"

李猎户得意地笑着："他们啊，呵呵，可能还在山上捕猎花熊吧！我走到安州城门口的时候，心里还担忧着，要是被他们谁抢了先，得了这黄金，我不是瞎忙乎了么？"客商冷笑一声，喝道："他们拿什么和你抢先？他们怕早已抛尸荒谷了吧！"

此话一出，李猎户的脸色大变："你这是什么意思？咱们虽然一起上山，但是山大林深，谁知道他们会身在何处。莫不是你想赖账？"

客商笑了："只怕没这么简单，这头花熊没有伤着半点皮毛，肯定是绳索套死的，由此断定，你和这花熊并无争斗，那么你身上的伤口是谁留的呢？请来安州知府大人一验便知。"

没一会儿，知府大人来了.他差人撩开李猎户身上的衣服，一验那些伤口痕迹，有几处是很明显的刀伤，于是忙叫差役将李猎户火速带回衙门，连夜审问。那李猎户是不经事的，知府大人一拍惊堂木，打板子的签牌还没有扔下，他就招了。

原来李猎户在揭榜那日夜里，悄悄找到王猎户，合谋先杀掉将和他们一同上山的赵猎户和张猎户，然后平分那万两黄金。

这天晚上，李猎户在林子里用火镰点燃一堆柴禾，将捕获的野鸡烤得香喷喷的，然后就着烧酒吃饱喝足，在火堆旁睡下来。

藏在不远处的张猎户见李猎户睡下，心里一阵窃喜。当听见李猎户打出酣畅的呼噜时，张猎户举着刀蹑手蹑脚来到李猎户身边，刚要用劲砍下去的时候，只觉得后背被人猛地戳了一下。所谓"螳螂捕蝉，黄雀在后"，张猎户被隐藏在他身后的王猎户拿刀穿了个透心凉。

第三个晚上,他们用同样的办法,诱杀了赵猎户,不过这一次当诱饵的是王猎户。

这下,李猎户和王猎户没有了对手,两人开始专心致志地捕猎花熊了。他们用烧焦的鸡骨头做诱饵下了套子,第五天的时候,花熊到手了。两个人表面上自然是兴高采烈,可是心里只思考着一个问题,那就是怎么将自己的五千两黄金变成一万两。问题的答案当然是除掉对方!

当天夜里,两人烤了些野味吃了,然后加了柴禾,将火堆燃得旺旺的,分头倒下。只一会儿工夫,两人都打起了鼾声。李猎户打着鼾声,眼睛却没有闭上,他的一只手放在胸口上,紧紧攥着一把尖刀。王猎户圆瞪双眼,鼾声打得比李猎户还要酣畅,他的一只手也搁在怀里,那里同样是一把锋利的尖刀⋯⋯

最后,李猎户实在憋不住了,他一个筋斗从地上翻起来,拔刀猛扑向王猎户;几乎是同时,王猎户也从地上弹起来,杀气腾腾地扑向李猎户。不几个回合,李猎户看准机会,就像宰鸡鸭一样,在王猎户的脖子上狠狠一抹。那王猎户也不是吃素的,他临死前给了李猎户几刀,差点让李猎户陪他一块儿去了黄泉。

案情大白,李猎户画押认罪,被丢进大牢,围观的人们无不叹息。

退了堂,知府大人将客商请进府内,问道:"凶犯已经收监,待秋后处决,你可有话要说?"客商一个劲地摇头叹息:"我为尽孝道,求一花熊,却不想害了四条性命,罪过啊罪过。"

知府大人忽然一拍桌子,冷笑道:"这不正是你要的结果么?虽说李、赵、张、王四人是猎户,可你才是站在暗处的真正猎人!"

那位客商听了知府的话,长叹一声,双膝跪地,道:"我的计谋终究未能逃脱大人神眼!不过我心愿已了,听任发落。"

原来这个客商是贵阳人氏,父亲是做盐贩的,有一年他们父子俩带着挑夫贩盐经过安州，谁料半道上遇着四个猎户打扮的强人，终因敌不过，只好眼睁睁看着那四个强人将盐巴抢了去。客商的父亲当时就急昏了过去，来到安州，父子俩求那安州知府缉拿四个强人，可是知府却说没有证据，推诿不管。客商的父亲又气又急，就此一病不起，还没回到贵阳老家，就死在路上了。

客商的父亲在临终时告诉客商，抢他们盐巴的那四个人，他在安州城认出来了，是安州有名的李、赵、张、王四猎户。他要客商牢记这深仇，日后一定要报。于是，客商想出了这条求购花熊的计谋，让四个猎户自相残杀。

知府大人听完客商的述说，仰天长叹道："你以万两黄金到安州求那花熊，确实稀奇，那花熊虽然被认为是神兽，但也不值此价。再说了，你张贴告示于安州四门，好像就知道李、赵、张、王四猎户分别住在那里。那万两黄金的诱惑，四个以猎杀为业、双手血腥的猎户如何经受得住？一旦进山，做出事情来只有你知我知、天知地知了呀。其实当年我不是不想帮你们，实在是事务繁多，顾不过来，还望你见谅。"

客商忙磕头道："在下怎么敢怪罪大人？只是大人既然已经识破了我的计谋，为何还要帮我鼓励他们上山呢？"

知府大人得意地捋着胡须道："鹬蚌之争，总得有个结果啊。"

客商再次磕头道："我们都是猎物，大人才是真正的猎人啊！只求大人看在我报父仇的情理上，放我一马，我愿意将那万两黄金，奉送给大人。"

那日夜里，一个黑影出了安州城门，转眼间消失在夜色里。知府大人捋着胡须，下了城楼，带着家丁去了瑞祥客栈，将那四个箱笼悄悄儿带回府中……

故事如果到这里完了也就不奇了。这第二日大早，天还没亮，就听见城外传来吆喝声，说绵州梁道台前来巡视。

城门一开，那梁道台直奔知府府邸而去，见了知府，劈头就问："我前两日接到呈报，说你府破了一大案，那凶犯为了万两黄金，连杀三人，我星夜赶来，就是想知道底里，快与我细细说来。"

知府大惊，"扑通"一下跪在地上，面如死灰："我昨日夜里才破了此案，大人如何这么快就知道了？"接着，知府哭丧着脸将昨日审讯情况一一说了。

道台"嘿嘿"一笑，道："不是说还被你扣押了四箱笼黄金么？可否让本官瞧瞧？"

黄金……黄金……咳！知府一巴掌打在自己脸上，忙叫人去他的房间将那四个箱笼抬出来。梁道台站起来，围着四个箱笼走了一圈，说道："呈报的人说你扣押那万两黄金，企图谋私……"

知府大人磕头如捣蒜："大人哪，我哪里敢啊，都是那可恶的家伙，怪我当日没有给他父亲缉拿那四个抢盐巴的贼人，才设下圈套陷害我呀！"

"如何陷害你了？你破了大案，待本官上奏朝廷，必定重赏！"梁道台说着，面露喜色地上前揭开箱笼，取出一个金锭，掂了掂，却感觉异样，往地上一摔，只听"哗啦"一声，那金锭碎成几块，原来是泥巴做的，那灿烂金光，不过是涂刷了一层金粉。道台拍案大怒："好个贪官！竟然偷梁换柱，私藏赃银！"不由分说就把知府绑了。

知府被投进大牢，罪名是贪赃枉法。那年冬天第一场大雪刚到的时候，他和李猎户一起被斩首于安州菜市口。

至于那客商和"万两黄金"的真假，时至今日，在安州仍然还是个谜。

（安昌河）

（题图：黄全昌）

告密者

　　春末夏初的一天傍晚,高速公路上开来一辆崭新的宝马跑车,驾车的是一位刚打完高尔夫球的年轻女人,她是大唐房地产有限公司的老总,身旁还有她的一头爱犬,亮泽的毛发,乌黑的眼睛,一看就知道是一头纯种的京巴。

　　忽然,车速减慢,缓缓地朝出口处驶去,不一会儿,停在了路边的一户人家门口,女老总下了车,敲了敲门。

　　门开了,出来一位中年男子。女老总忙说:"师傅,对不起,打搅了,我的车要加点水,请你帮个忙。"说着,递过去一张五十元的钞票。

　　中年男子接过钱,说:"不就加点水吗,小事一桩,何必客气,你就进屋坐会儿吧。"

女老总说："谢谢你,我还得赶路呢。"

别以为这中年男子讲得很好听,其实是个坏蛋,他叫张五,平时无恶不作,被当地人称为恶霸。现在他发现一个女人送一辆车子上门来,而且看清车上没人,这千载难逢的机会,岂能放过。于是他趁四周没人,一下闪到女老总身后,用右手肘钩住女老总的脖子,一把将她拖进屋里,关上大门,然后又用左手抓住女老总的头发,用力向下一拽,只听"喀嚓"一声,女老总一声没吭,脖子一歪便断了气。

张五把女老总的尸体拖进里屋,又从她身上摘下金银首饰和钱包,还掏出开宝马车的钥匙,然后仔细地清理了现场,直到觉得没有任何破绽了,才驾起女老总的车,向朋友家开去。藏好了车,他又回到家中,在后院挖了个坑,把女老总的尸体埋了进去。

这一切,他都干得那么天衣无缝,但为了万无一失,还是决定出去避避风头。他收拾好行李,刚跨出院门,就看见女老总的那只京巴狗正和邻居家的小花狗在门口玩耍,如同久别重逢的好友似的玩得很开心。张五不觉吃了一惊:"啊,我怎么把这个畜生给忘了呢?不行,不能留下证据。"他想到这里,一脚把小花狗踢得落荒而逃,又转身到厨房拿了块肉丢到地上。趁京巴狗低头吃肉时,他一铁锹打下去,结果了它的性命,然后把狗和女老总埋在了一起,这才锁上门,安安心心地出外游荡去了。

女老总的失踪,一时在当地传得沸沸扬扬。三天后,当地电视台就播出了寻人启事,警方也决定正式立案侦查,并给各派出所发出了协查通报,还配发了一张女老总抱着京巴狗的照片。

时间一晃过去了几个月,居然找不到一点线索,警方对此也一筹莫展。张五在外面得到这个信息,非常高兴,决定回家看看,同时与朋友商量一下宝马车的销赃问题。

张五还没到家,他邻居家的那只小花狗产下了一窝崽儿,一只只全是京巴狗。主人为有这样值钱的好狗而兴奋不已,便挑着小花狗和它产下的小京巴,去派出所办理"宠物狗饲养许可证"。

办证的民警看到这一窝小京巴,立即联想到几个月前的那张协查通报,拿来一对照,眼前的小京巴竟和照片上女老总抱着的京巴狗一模一样。民警便问:"你们的母狗在哪里配的种?"狗的主人说:"我们没有特地给它配过种。狗么,一发情,碰上公狗就交配,就怀孕,就下崽。"

事情很明显,一定有雄性京巴狗到附近来过,但这一带没人养这种名贵的狗,就那位女老总养有一只雄性京巴狗,可她不会让狗四处乱跑。由此证明,女老总的汽车在这里停过,正好碰上小花狗,京巴狗经不住诱惑,便跳下车跟小花狗勾搭上了。那么,女老总的车又会停在哪里呢?

为了弄个水落石出,民警来到小花狗家里。这时,张五也回来了,他一打开门,小花狗立即冲了进去,像是寻找什么东西似的,四处乱钻乱嗅,当它来到后院那块新土旁边,嗅了一阵后就开始用爪子扒土。张五一看慌了神,正要操棍子打狗,民警来了。

民警问:"这下面埋着什么?"张五顿时脸色发白,结结巴巴地说:"没……没什么。""你挖开看看。""又没东西,挖、挖它干啥?"民警们亲自动手,果然挖出了女老总和京巴狗的尸骸。

张五这才长叹一声,瘫倒在地,喃喃自语:"唉,真没想到,狗也会告我的密。"

(潘万隆)

(题图:魏忠善)

现 世 报

　　闽西黄村有一对夫妇,男的叫黄阿南,女的叫张细妹,几年来,夫妇俩一靠改革开放好政策,二靠地处闽粤交界好地方,勤劳致富着实发了财。他们开了一家饭店,一家百货店,一个运输公司,还买了一部桑塔纳小车,日子过得红红火火。

　　这天早上,黄阿南开车去县城,一直到晚上八点多还不见他回来。此时下起大雨,雷声大作,细妹有些急了,打丈夫的手机、传呼,没有回音,打电话给县城的朋友,回电说阿南六点多就离开了,几个朋友还目送他驾车出县城的。细妹当即叫来司机,开了一辆东风运输车出去寻找。一路上东风车打开大光灯,冒着风雨沿路搜寻,直到县城,仍不见踪迹。

　　细妹急了,半夜去公安局报案。公安局接报后当即采取行动,又是巡逻车搜寻,又是向邻近县市发协查通报,但一无所获,那辆桑塔纳小车连同阿南这个活生生的人竟消失了。

刑警们碰到一件十分棘手的案子:一不见车,二不见人,三不见尸,四不知现场。尽管没日没夜排摸查找,可二十多天过去了,案子侦破却毫无进展。刑警队长在撤离时对细妹说:"妹子,听我一句话,尽管现在还没有什么有价值的线索,但作恶的罪犯终有一天要露出水面,他们总是要栽的。偷、骗、抢,都是现世报呀!"说完,他把自己的传呼、手机号码留给了细妹,让她有什么情况立刻和他联系。

阿南连车带人失踪,细妹悲痛欲绝,但她有一个信念:一定要将事情搞个水落石出。

三个月后的一天,一个男人走进她的家,叫着:"细妹,我回来了。"她一看,惊讶地叫道:"铁平,是你?走了两年了,回来了?"她看见这个人,便想起自己的丈夫,心口上揪得紧紧的,十分难受。

那人叫黄铁平,是阿南从小一起长大的同村朋友。

"我刚回来,听说阿南的事了。嗨,真不幸,好人就是多遭难!我在外面这两年,听了不知多少这样的事,那些绑匪们在这个地方抢车,又在另一个地方杀人灭口,车又卖在第三个地方,连公安局也没办法。"

细妹哽咽着说:"你和阿南是从小的朋友,这两年你见多识广,有其他的朋友,帮我打听一下,也许有谁看见了他和车。"

黄铁平环顾着显得冷清的大屋,关心地问:"阿南不在了,你们的生意受到影响,损失很大吧?"

这一问,细妹不禁叹了口气:"嗨,为了找阿南,我也没有心思做生意,人都没了,钱还有什么用?后来想想,我和他辛辛苦苦挣下这份家业也不容易,败了不是更对不起他吗?可现在想管了,又没有合适的帮手。"她突然又说:"嗨,我倒忘了问了,你现在回来准备做什么生意?"

黄铁平也长长叹了口气,点燃一支烟,边抽边说:"我的事你是清楚的,前两年开车砸了,跑出去躲债,原以为辛苦几年,赚了钱能还掉债,可是外面其实也不是那么容易混,想来想去,还是回家挖煤实在。听惠珍说,这两年,她们母子多亏了你照顾,我是特地来向你表示感谢的。你就想开点吧,有什么难处,我能做到的,你尽管开口。"

细妹说:"你回来也好,要是暂时没事干,就帮我把煤生意管起来吧。"

"好吧,做煤反正我也是熟行的,自己又没车,就先帮你一阵,工钱照市面行情给就行了。这样,我有时间再帮你打听打听阿南的事。"

就这样,黄铁平帮细妹管理着两个煤洞、三部汽车,他把生意搞得红红火火,一有机会,还到处打听阿南的下落。可是,阿南仍石沉大海般没有任何消息,于是黄铁平的老婆惠珍也来细妹的饭店里帮忙,空闲时就轻声细语地宽细妹的心,两人相处得像姐妹一般。

自从有了黄铁平夫妇的帮助,细妹渐渐地恢复了元气,但她的心灵深处还时时惦着阿南。这天,细妹让黄铁平到山东去出一趟远差,要十天左右才能回来,她自己顺便搭他的车到市里办事。

细妹这次到市里,一是办些货,二是看望住院的姨妈。和黄铁平分手后,她去批发商那里办好货物,已近中午,在水果摊上买了一大袋各式水果,她刚想叫辆摩托车,好几辆"的士"已经先挤了过来。

这时,一辆桑塔纳轿车从旁边悄无声息地靠了上来,司机从驾驶室里探出头来,说:"大姐,坐我的车吧,你买了那么多水果,坐摩托不方便。"说着跳下车,殷勤地拉开了另一边的车门,细妹坐了进去。载客的师傅们一阵起哄,桑塔纳车司机朝他们挥挥手,便开车上路。

车内开着空调,一下子令细妹想起了自己的那辆桑塔纳,便与司机攀谈起来:"小师傅,开车几年了?这辆车好像还挺新的,买了多少钱?"

"便宜,这是厦门一位朋友转让的,我接过来还不到半年。你去哪里?"

"中医院。"

汽车在热浪中行驶,车里响起了轻快的音乐声。自从阿南出事,细妹还是第一次重又坐上轿车,而且巧也是桑塔纳,她心里感慨着生活的变故,眼睛不由在车内打量起来。她一边打量,一边想着和阿南在一起的日日夜夜,突然,她的目光在车门把手处停住了,而且惊得目瞪口呆。原来,那把手处有一条用记号笔画成的弯线!这是一条多么熟悉的弯线呀,三年前,细妹和阿南驾车进货时,买了一支记号笔,为了试验记号笔能否用,顺手就在车把手上划了一下,划出了一条线,还被阿南骂了一句,那条线从此却怎么擦也擦不掉,一直留在了那里。

细妹心里"怦怦"跳着:难道身边的这个人就是抢车杀夫的凶手?细妹一边对自己说"要镇静",一边仔细地观察这辆车的其他部分,她越看越像自己的车。

司机好像也发现了,问道:"大姐,你好像对车很感兴趣呀?你看我这辆车怎么样?"

"好像音响差了点。"

"真是好听力!原来这车上装的是飞利浦机芯,声音好极了,被我拆回家用,这是后来装上的。"

司机得意地说着,却不知细妹整个脸都涨红了,因为当初买了车后,阿南嫌音响不够劲,特地买了一套飞利浦汽车用自动翻带机。现在可以肯定,这就是自家的那辆桑塔纳车!

细妹脑子里急速地转动着。这时,车已到了医院门口,她灵机一动,叫司机把车开进大门,说:"你等等我,我最多十分钟就出来,停车费我会照付的。"

"没事,你慢慢聊,我在这等着。"

细妹下了车,默默地把车号记了下来,她快步走进病房,转身隐在门后向外观察,发现司机到旁边的一个冷饮摊上去买冷饮了。她知道他还没发现,便立即打开手机,拨通了刑警队长的电话。

反应快速的警察不过三四分钟便全副武装地开进了医院,细妹把情况一说,警察立即把车和司机扣了起来。接下来的鉴定并不困难,这辆车确实就是细妹家的,细妹从家里拿来另一串钥匙,插上去只轻轻一扭,发动机便立即如泣如诉地呜咽起来。

车子是找到了,可阿南却仍然生死不明,因为司机并不认识卖车人,只交代这车是花八万元从温州二手市场买来的。案件又陷入了僵局。

细妹心里想:桑塔纳啊,你既然能走回来,为什么不开口说话呢? 我的阿南究竟被谁害了呢?

又过了五天。那天,细妹正无精打采地在店里打理,突然邮递员送来一封信,信封上竟写着:黄阿南先生收。阿南失踪了这么久,谁还会给他来信?

细妹颤抖着手,拆开信,刚看几行,就泪流满面。信上面写着:

　　黄阿南先生:

　　　　你一定为你的证件及那张五万块的借据失落而着急,告诉你,它们都由我安全地保管着。请用异地取款方式,付保管费二万元,咱们银货两讫。

　　　　钱款汇入:工商银行中兴路分理处,账号:27863521

　　　　　　　　　　　　　　　　　　　　　　一个朋友

　　　　　　　　　　　　　　　　　　　　　　×月×日

又是温州！这难道是巧合？对！只要抓住这个人，案情就能真相大白。细妹抓起电话，立即报警。

诱捕写信人的网在温州警方的协助下，当晚就悄悄张开了。非常顺利，第二天中午，警方就抓住了一个叫秃三的歹徒。果然，在他住处缴获到阿南的证件及他借给别人五万块钱的借据。并且，还意外地发现了黄铁平的身份证！

突审秃三，秃三交代，五个月前的一天，他和一个女同伙在温城大饭店，用一瓶加入麻醉剂的可乐，迷倒了一个叫黄铁平的人，从他身上窃得八万块钱及这些证件、借据。最近他吸毒没了毒资，想到这个黄阿南一定急着要借据及证件，就冒险写了这封信。

刑警们明白了，黄铁平身上的八万块，就是他将黄阿南的车卖给温州司机得到的八万元。劫车杀人的就是黄铁平！

兵贵神速，刑警们押着秃三连夜赶回黄村。当第二天中午，黄铁平风尘仆仆远途返回，打开车门，半个身子刚钻出车外，两个便衣刑警就一把把他掀翻在地。黄铁平的目光一与秃三相遇，便明白了一切，整个人立刻瘫在地上。

不久，黄铁平被枪决了，他和黄阿南在黄泉路上成了一对冤家。而在人世间，细妹和黄铁平的老婆却成了患难与共的朋友，这是谁都没有想到的。

（胡向群）

（题图：箭　中）

墓碑里面有个人

　　亨利以前是个摔跤手，身高足有一米九〇，强壮得可以赤手空拳打死一头牛。他在小镇上开了一家专门制作混凝土制品的作坊，帮别人做一些门柱、浴缸什么的。

　　这天早上，亨利坐在店里，等着顾客沃尔夫先生来检查他订做的鸟用浴缸。表面上看，亨利和平时没什么两样，可他的心里，正盘算着一个惊人的复仇计划。

　　事情是这样的。前几天，亨利养了好几年的猎狗沃尔夫自个儿跑到公园里去，正好遇到了在那里打猎的沃尔夫先生，猎狗沃尔夫见到生人，突然兽性大发，猛扑上去，沃尔夫先生出于自卫，用手枪打死了那条狗。消息传到亨利耳朵里，简直就像挖去了他的心肝一样。亨利没有结过婚，跟这条猎狗相依为命，所以他发誓要杀了沃尔夫先生,给猎狗报仇。

偏偏沃尔夫先生不知好歹,杀了亨利的狗,还敢来他的店里订制一个鸟用浴缸,准备放在自家门前的空地上,让过往的鸟儿有个地方洗澡。这不是送上门的好买卖么?

九点刚过,沃尔夫先生来到了亨利的小院。和亨利相比,沃尔夫先生简直像个小孩子,他比亨利足足矮了两个头,又干又瘦。

亨利看见沃尔夫,立刻皮笑肉不笑地打招呼道:"沃尔夫先生,来看看你的浴缸的柱子吧。"他把沃尔夫领到后面的院子,空地上有两根一模一样的空心水泥柱子,每一根都有两尺见方、五尺多长,一端封闭,另一端开着口。

沃尔夫疑惑地问:"有人订做了跟我一样的柱子么?"

亨利摇摇头,"嘿嘿"笑着,说:"不,但是我觉得这种柱子不错,就多做了一根,给我的狗做墓碑!"沃尔夫上前仔细一看,才发现其中一根柱子上铸着一行大字:纪念沃尔夫,一只真正的狗。他不好意思地说:"亨利,没想到你和这条狗的感情这么深。我向你保证,我当时真的不知道它是你的狗,而且恰好还和我同名,要不,我一定不会朝它开枪的。"

亨利大手一挥,说:"好啦,事情都过去了,就不必说了,来看看你的柱子吧。"他把沃尔夫领到另一根柱子前,唾沫横飞地说,"瞧,这柱子不错吧? 我打算在它的底部再加点分量,然后封住口,这样可以立得更稳一点。明天中午,我就把这根柱子运到你家,帮你装上。"沃尔夫满意地说:"你想得真周到呀,亨利。"一边说,一边俯下身去细看。就在这时,亨利突然眼露凶光,像一头大狗熊一样猛扑上去,狠狠掐住了沃尔夫的脖子,嘴里叫道:"你这个狗杂种,我要你给我的狗偿命,在它的墓前守一辈子!"可怜的沃尔夫先生哪是亨利的对手,手刨脚蹬,没有挣扎几下,就断了气。

亨利刚把沃尔夫的尸体放下,就听见门外有卡车喇叭的声音"嘀——嘀——",他一惊,忙把尸体藏到一堆水泥板的后面,然后跑到门口。这时,从门外走进来一个和亨利差不多高大的大汉,他叫杰克,是一个卡车司机,经常帮亨利运送货物,这天碰巧路过,下来看看有什么活干。

亨利看见杰克,不自然地打着招呼:"杰克,你通常都是下午才来的呀?"杰克似笑非笑地应着:"是呀,今天来得早了一点,难道有什么事不该让我看到吗?"亨利听出他话里有话,心里"别"一跳。杰克却不理他,大步走进院子,往那堆水泥板前一站,说:"我需要一千美元,银行不肯借给我,我想你会借给我的。"亨利心虚地说:"为……为什么我要借给你?"杰克瞟了他一眼:"借不借随你,不过,我可不是那么容易被掐死的。咱们打开天窗说亮话吧,你的墙不太严实,上面有道缝,我什么都看见了!"

亨利张大了嘴,半天才回过神来,说:"我知道你够朋友,杰克,你帮我一把,一千美元不成问题。"说着,他拖出了沃尔夫的尸体,示意杰克过来帮忙,把尸体塞进那个狗墓碑的水泥柱子里。杰克吃惊地问:"你打算把他竖在你的狗墓前?"亨利咬着牙说:"是的,这是对他最好的惩罚!"

两个人把尸体塞进了墓碑,又拌上水泥准备把口封住。这时,屋里的电话忽然响了。亨利跑去接电话,一会儿他回来了,说:"是沃尔夫太太打来的,问她丈夫来过没有。"杰克问:"你怎么说的?"亨利说:"我说她丈夫来过这里,可是已经走了。"杰克大声道:"坏了!今天沃尔夫回不了家,他太太一定会报警,警察就会来这里查,这些水泥要到明天上午才能干,今天一定会被发现的!"亨利一拍脑袋,说:"对呀,那可怎么办?"杰克眼珠一转,说:"不如你再打个电话给沃尔夫太太,就说沃尔夫先生走之前说他要到城外去一次,明天晚上才能回来,等那时就算沃尔夫太太报警,你的狗墓碑早竖起来了,没人会怀疑里头藏着沃尔夫先生。不就万事大吉了?"亨利听了连声说好,可他马上想起了什么,对杰克说:"沃尔夫太太家的电话坏了,刚才她是到邻居家打来的电话。不如我现在去她家一次,亲口告诉她吧。你在这里,把两个柱子的口都封上,越快越好,做得干净点,明白了吗?"说完,就急匆匆地出门了。

第二天一大早,杰克来到了亨利家,他的卡车上装着起重机,可以吊装水泥柱。他们先把狗的墓碑运到亨利特意为狗做的墓前,亨利操纵起重机,杰克在下面用手牵着,把墓碑稳稳地安在墓前一块平地上。做完以后,两人站在墓前,细细打量自己的杰作,都得意地笑了起来。杰克擦着手,念着墓碑上的字:"纪念沃尔夫,一只真正的狗。亨利,你这个双关语想得太好了! 不过,你可别忘了我的一千美金哦?"亨利淡淡地说:"忘不了,我们现在把沃尔夫的柱子送到他家去吧。"

两人开着车,把水泥柱子运到了沃尔夫家。沃尔夫太太恰好出去了,两个人就盘算着如何把水泥柱安上。杰克打量着四周,若有所思地说:"他家的这个位置可不太好,正在大路边,如果把柱子竖在门口,万一有车路过,一不小心撞上就坏了。"亨利撇了撇嘴:"这有什么! 撞坏了更好,沃尔夫太太还会向我再订做一根,让我多赚点钱……来,我们开始干吧,还是我来开起重机!"杰克看了他一眼:"你小心一点,可别把柱子砸到我身上! 要不,你会后悔的!"亨利"嘶嘶"地笑了几声:"哪能呢,你放心吧!"说着,他跳上了起重机,但是这次,他并没有马上发动机器,而是从口袋里拿出了一样东西。

那是一个旧的销钉,几乎全都裂开了,亨利把起重机绞车上的一个销钉拔了出来,然后换上了这个旧的,他的脸上露出了一丝不易察觉的冷笑。杰克说对了,他是准备把柱子砸到杰克身上。杰克是个出名的无赖,他一定会用这件事作为要挟,没完没了地缠着他要钱,亨利必须用一个一劳永逸的方法,把这个心头大患除掉。他把水泥柱子吊了起来,慢慢朝杰克的头上移去。杰克在下面伸出手,托住了水泥柱.朝鸟浴缸的基座上引过去,嘴里骂骂咧咧道:"慢着慢着,开稳一点……"

水泥柱吊到杰克头顶的时候,亨利的手用力一抖,突然,"叭"的一声,那枚旧销钉崩断了!亨利的手指从绞车的把手上滑脱下来,把手疯狂地反转着,沉重的水泥柱重重砸了下去,杰克猝不及防,哼也没哼一声,就被结结实实地压在下面。同时,水泥柱的一头磕到地上,发出一声闷响,碎了开来。

声音惊动了在附近巡逻的马利根警官和邻居们,他们聚拢过来,查看发生了什么事。亨利装作惊慌失措的样子,从车上跳下来,疾步冲到杰克跟前,抓着自己的头发,大喊大叫。马利根警官上前看了看,摇着头说:"来不及了,他已经死了。"说着,他又爬上起重机检查了一遍,下来的时候说:"是起重机的问题,销钉旧了,杰克没有及时换新的,崩断了,这不能怪你……"突然,他的眼睛滑向了破碎的水泥柱——"那是什么!"众人循着他的目光看去,有眼尖的先叫了起来:"天哪!是一个人的脚!"人们七手八脚从水泥柱里把尸体拉出来,正是失踪的沃尔夫先生!

亨利吓傻了,他以为自己把两根水泥柱搞错了,可是定睛一看,没有错呀,明明就是给沃尔夫先生订制的柱子。这是怎么回事呢?

突然,他的心里掠过一道闪电,想起刚才杰克的话:"你小心一点,可别把柱子砸到我身上!要不,你会后悔的!"亨利顿时恍然大悟:杰克怕把尸体藏在狗的墓碑里,被亨利日后调包,就再也没有要挟他的证据了,所以他趁亨利去沃尔夫太太家的时候,偷偷把尸体藏在了另一根水泥柱子里封好,这样既不会被人发现,又可以一直用来威胁亨利。

这时候,马利根警官回过头,神情威严地看着亨利,说:"你必须跟我回警察局去。"

亨利双腿一软,坐到了地上,这下,他是真的后悔死了……

(作者:伦纳德·罗斯巴勒;改编者:韩玉桥)

（**题图**：箭　中）

夜半口哨声

　　益美是个十六岁的少女，由于身体非常虚弱，没办法正常上学，才跟着叔叔片桐敏郎来到著名的昆虫保护区疗养。

　　在保护区的温泉宾馆里，益美认识了住在她隔壁房间一个叫雄策的男生。雄策在城里读高三，是利用暑假来这里打工的，通过一段时间的相处，益美渐渐对雄策萌生了爱意。

　　这天晚上，益美和雄策在宾馆的茶室里聊了很长时间，分手后，益美虽然回到了自己的客房，可还一直沉浸在刚才和雄策在一起的甜美时刻，十二点都过了，她躺在床上还没有入睡。

　　突然，"嘘——嘘——"一阵低沉的口哨声从窗外传来，接着就响起"卡沙、卡沙"奇怪的声音。益美不知道这是怎么回事，心里紧张得要命，原本虚弱的身子不禁颤抖起来。她挣扎着从床上爬起来,摇摇晃晃地奔到隔壁,敲开了雄策的房门。

雄策惊问道:"怎么回事?"

"口哨……口哨声……"

雄策侧耳细听,奇怪地摇摇头:"我怎么没听到? 益美,你是不是做噩梦了?"

"不,我真的听到了,是那种'卡沙、卡沙'的怪响和口哨声!"益美肯定地说。

雄策于是竖起耳朵又听,可是听了一阵,还是什么声音也没有听到,他认为一定是益美刚才做了噩梦而自己还没有意识到,于是便扶着她回房间去。

走进门,打开灯,什么也没有发现,雄策不放心地叮嘱了益美几句,然后才回自己房里。此刻,周围静悄悄的,什么声响也没有,益美也很纳闷:莫非刚才真是自己的一种幻觉? 益美的身体经不起这样的折腾,没一会儿她就昏昏沉沉地睡了过去。

第二天早上,益美的叔叔一早就去了湖边,益美独自一人躺在阳台的折叠椅上。益美的叔叔是有名的昆虫学博士,此刻正拿着采集箱在宾馆旁边的湖上采集稀有昆虫。益美自幼父母双亡,叔叔是她唯一的亲人。

有人轻轻过来拍了一下益美的肩膀,益美抬头一看,是雄策来了。雄策想带益美出去散散心:"益美,我们去划船吧?"

益美却软软地说:"你一个人去吧,我有点头疼。"

"是不是昨晚没睡好?"雄策关心地问。

"雄策,"益美还在想着昨晚的事,"我当时真的听到声音了,就是那种怪响,还有口哨声。"

雄策不解:"就算你听到口哨声,也不用吓得这样呀?"

益美猛地从折叠椅上跳起来,哽咽道:"你不知道,雄策,对我而言,半夜口哨声是可怕的诅咒!"

雄策怔住了:"对不起,益美,能告诉我这是为什么吗?"

益美挂满泪水的脸上充满了恐惧,她犹豫着说:"这是家事,叔叔叫我不要告诉任何人的。"

"你放心,我一定替你保密。"雄策说。

益美看着雄策,很久,才仿佛下了很大决心似的,终于悲悲切切地开了口。原来,每次只要在半夜听到口哨声,益美家里就会发生不幸的事。益美的爸爸妈妈都是在听到口哨声后不久死去的,姐姐也是。

益美的姐姐是个非常坚强的人,爸爸妈妈去世后,她就勇敢地挑起了照顾益美的重担。可是有一天早晨起床后,姐姐突然对益美说,她在昨天夜里听到了一阵口哨声,益美联想到爸爸妈妈的遭遇,心里就不免紧张起来。第二天夜里,益美根本不敢入睡,果然,到了夜半时分,她听到姐姐房间里似乎有什么动静,她立刻从床上跳起来,冲到姐姐房门前,只听到姐姐在房间里痛苦地呻吟,可就是敲不开门。益美急得到处找钥匙,等找到钥匙将姐姐房门打开,这时候姐姐已经倒在地上了。

姐姐见益美来了,微微抖动着嘴唇说:"益美……小心半夜……口哨声……那恶魔毒……毛茸茸的毒手……"话没说完,姐姐就咽了气。

说到这里,益美痛苦地捂住了脸。

雄策的脸色凝重起来:"益美,告诉我,当时你家里还有什么人在?"

"叔叔和三个佣人。"益美回答说。

"毛茸茸的恶魔毒手……"雄策沉吟着。

这时,透过宾馆房间的窗户,雄策看到益美的叔叔片桐敏郎采集完昆虫,正向宾馆走来。"益美,你放心,我一定会替你保守秘密的。"说完,匆匆走了。

这天直到太阳偏西,雄策才返回,他在宾馆旁边的湖边上,碰到看管湖水的老伯,老伯问他:"片桐博士明天要走了吗?"

"不知道呀!"雄策摇摇头。

"没什么,"老伯笑笑,"片桐博士每天都会来买蚊子,但今天他却说已经不需要蚊子了,看来他要走啦!"老伯一边朝雄策摆摆手,一边继续沿着湖边巡走。

望着他蹒跚的背影,雄策不禁在心里打了个问号:他这话,或者更准确地说,是益美的叔叔片桐敏郎的话,是什么意思呢?雄策回到宾馆时,天已经黑了。

吃过晚饭,益美的叔叔催益美早点回房休息,可是益美想起昨夜的口哨声,心里就害怕。她悄悄来到雄策的房门口,敲开门,嗔怪道:"雄策,今天一整天你去哪儿了?你陪陪我吧!"

雄策点点头,赶紧把益美让进房间。他诡秘地将藏在身后的手朝空中一挥,只听"咻"的一声响,一道白光在益美眼前闪过。他对益美说:"看,这是我用柳树枝做的鞭子,挺好玩吧?"

他让益美在沙发上坐下,随口问道:"益美,你知道你叔叔在研究什么吗?"

益美说:"他不是一直在研究他的稀有昆虫吗?"

雄策瞥了益美一眼,说:"错了,他在研究蚊子。"

"蚊子?他研究蚊子干什么?"

"是的,你的叔叔片桐博士,他每天提着采集箱到湖边去,不过不是去采集昆虫,而是去看管湖水的老伯那里买蚊子,拿回来研究。哈哈哈!"

益美听出来,雄策的笑声里充满了一种讽刺的意味,她很不高兴,脸涨得通红。雄策一看益美这样子,立刻收住笑,说:"对不起,益美,我不是故意的,你别生气。来,我去给你冲一杯你最喜欢喝的柠檬茶!"

"嗯,这还差不多。"益美的脸上这才"阴转多云"。

喝完雄策冲的热柠檬茶,益美接连打了几个哈欠,突然就觉得困得不行了。雄策一看,赶紧让她在自己的床上躺下,还没来得及帮她把鞋带全解了呢,她已经很快进入了梦乡。这时候,雄策的嘴角上露出了一丝不易察觉的笑意,他三下两下替益美盖上被子,然后就从枕头底下摸出一只手电筒,抓过那根柳鞭,蹑手蹑脚打开房门,潜入了隔壁益美的房间,然后把门反锁上,并且关上了灯。

大约是到深夜十二点半左右的时候,只听见有人在门外轻轻喊道:"益美,睡了吗?"接着就听见轻轻旋转门把的声音。大概是见门反锁上了,进不来,这人在房门外站了一会儿,就离去了。紧接着,房门外就突然响起了益美说的那种低沉的"嘘嘘嘘"的口哨声。

说实话,雄策在房间里听到这种声音,心里也充满了恐惧,他一手握紧柳鞭,一手抓着手电筒,在黑暗中瞪大了眼睛。随着口哨声越来越响,越来越近,雄策额头上冒出了阵阵冷汗,牙齿也吓得"格格"直打颤。当口哨声戛然停止的时候,雄策听到益美的床上传来"啪"的一声响。

雄策立刻打开手电筒往床上照去——天哪,一只身长三十公分以上的大蜘蛛,正张开毛茸茸的脚在益美的床上爬行!被雄策手里的电筒光一照,那大蜘蛛敏捷地抬起前面两只脚,朝雄策扑了过来。

雄策眼明手快,挥起柳鞭就朝大蜘蛛狠狠抽去,"啪啪啪"大蜘蛛吓得缩起了身子。

这时"嘘嘘嘘"诡异的口哨声再次响起,听到口哨声,大蜘蛛立刻爬上了天花板,一溜烟地钻进了板洞里面。

就在口哨声停止的那一瞬间,忽然,从另一边片桐敏郎的房里传来一声惨叫:"啊!可恶……"

紧接着,又传来"轰"的一声巨响。

雄策转身冲了过去,顺着手电光照去,只见益美的叔叔片桐敏郎倒在地上,已经断了气,大蜘蛛尖锐的毒爪正咬着他的脖子……

第二天，雄策带着益美离开了温泉宾馆。火车上，益美望着车窗外的绵绵细雨，轻声叹了口气："原来这一切都是我叔叔搞的鬼……"

雄策点点头："是的，你听到的那半夜响起的口哨声，就是命令蜘蛛的暗号。"

可是益美觉得很奇怪，她问雄策："你是怎么知道这一切的呢？"

雄策告诉她说："我曾经在图书馆里看到过一本书，说是有一种毒蜘蛛，人被它咬一口就会死，由于它毛茸茸的八只脚张开像人的手，所以当地人就称它为'恶魔毒手'。这种恶魔毒手有一个非常特殊的习性，就是喜欢听口哨声指挥，所以那天，当你说到你姐姐对你说'恶魔毒手'这四个字的时候，我就立刻想到了这本书。你问我今天一整天去哪儿了，其实我就是去图书馆查这本书去了，我怀疑你的爸爸妈妈和姐姐，其实都是死在了你叔叔手里。回来之后，我听看湖的老伯无意中说你叔叔每天去他那里买蚊子，就更证实了我的猜测，蚊子可以用来喂蜘蛛嘛！你叔叔说他不再需要蚊子了，我就断定他是肯定要对你下毒手了。所以我在替你冲柠檬茶时，里面特地加了安眠药，让你安睡，然后我就潜入到你的房间里，等着你叔叔'原形毕露'……"

益美瞪大着眼睛，听雄策说着这一切，她脸上显出十分落寞的神情："可是，雄策，我不明白，他是我的亲叔叔呀，他为什么要置我们于死地呢？"

"傻瓜！"雄策一边说一边摇头，"还不是为了你祖父留给你们的遗产嘛！可他怎么会想出这么可怕、这么残忍的阴谋？他怎么下得了手？"

（成 方 改编）

（题图:箭 中）

案 情 背 后

要知道,凡事木已成舟便无法挽回;人们往往做事不加考虑,事后却有闲空去思索追悔。

沉重的手铐

　　蔡忠实从省公安学校毕业,被分配回家乡派出所,当了一名外勤干警。

　　这天,蔡忠实揣着介绍信兴冲冲来到派出所报到,杨所长看完信,热情地握住他的手,高兴地摇晃几下说:"小蔡,欢迎欢迎啊,你来得正好,所里正缺你这样的人手呐!我跟你说,派出所虽小,关系到安定团结的大局,眼下就有一项紧急的政治任务要咱们去完成。来来来,都过来开会。"

　　听说开会,派出所的另外两位外勤小汪和小牛,也搬着椅子凑了过来。

　　原来,杨所长刚从县公安局参加完紧急会议回来。县委、县"扫黄打非办"和公安局联名发出紧急通知:最近,在西江县农村发现了一种非法出版物,内容存在着严重的政治问题,如果任其蔓延,将严重危害安定团结的政治局面。因此,县里要求各派出所全力配合县公安局尽快侦破此案,将犯罪分子绳之以法。所有非法出版物一经发现,立即封存上缴,防止内容外泄和扩散。

介绍完情况,杨所长严肃地说:"这是一项严肃的政治任务,我们必须尽最大的努力完成好它。破了案,县公安局党委要为我们请功!大家说说看,谁来查这个案子?"

小汪与小牛互相对视一眼,谁也不吱声,好像没有接案子的意思。蔡忠实见刚报到就有案子发生,心里非常激动,"霍"地站起来,大声说道:"所长,这个任务就交给我吧。"

"好!"杨所长赞许地说,"不愧是公安学校毕业的高材生。这个任务就交给你来完成。需要什么尽管说,所里保证全力支持你破案。"

蔡忠实从小在楚天乡长大,对乡里的情况了如指掌,通过小时候的同学,蔡忠实很快了解到小李庄的李二宝有重大嫌疑。前些天,李二宝曾经捣腾过一本叫《尚方宝剑》的书,神神秘秘的。李二宝一向好吃好赌,家里穷得叮当响,连老婆孩子都跟着受罪,这几天却天天带着老婆孩子下馆子,吃喝完了,就与村里的一拨二流子凑一块打麻将,出手十分大方。

蔡忠实将侦察到的情况向杨所长作了汇报。杨所长想了想,点点头说:"好!今天晚上,咱们就以抓赌的名义,先拘了李二宝,从他身上打开突破口!"

晚上,杨所长与小蔡悄然来到小李庄。全村寂然无声,只有村头李二宝的家里还亮着灯光,几个人正在"哗啦哗啦"地搓麻将,被杨所长和蔡忠实抓了个正着。

杨所长和蔡忠实将李二宝带回派出所,连夜突击审问。

杨所长满意地拍拍蔡忠实的肩膀说:"小蔡,今天你来审,我给你做记录。"

蔡忠实穿上警服，正了正警帽，坐在审讯桌后，一双眼睛威严地凝视着蹲在地上的李二宝。

"李二宝，知道为什么带你到派出所来吗？"

李二宝将脖子耸耸，满不在乎地说："知道，打麻将赌钱。"

"就这些？"

"啊，就这些。"李二宝装疯卖傻。

蔡忠实单刀直入："李二宝，你打麻将的钱哪来的？"

李二宝脱口道："做生意挣的。"

蔡忠实紧追不舍："做什么生意？"

李二宝顿觉失言，蹲在那里，闭上嘴巴，再也不肯开口。

蔡忠实心想：跟我"徐庶进曹营，一言不发"？那好吧，蔡忠实走到李二宝面前说："李二宝，我给你念一条法律，'凡非法出版倒卖淫秽、反动出版物的，处七年以上有期徒刑'。我们本来想给你一个机会，让你争取立功，宽大处理，看来你是想进里边待几年哪！那我们就没办法了。杨所长，咱们走！"

李二宝急了，上前拉住蔡忠实："别，别，乡里乡亲的，我全交代。我前一阵是倒卖过一本叫《尚方宝剑》的书，可我不知道那是什么书啊。"

"书呢？"

李二宝说："都卖完了。你不知道，那书好啊，老百姓都抢着买。我也是打麻将输急了眼，听说这书好卖，想挣几个钱花花，没想到就撞你们枪口上了。嘿嘿。"

蔡忠实不愿听他瞎啰唆："你老实说，书是从哪儿弄来的？"

李二宝不说。

蔡忠实又要起身，李二宝见状，低下头咕哝说："是乡中心学校的魏老师。"

蔡忠实"啪"地一拍桌子："你胡说，魏老师怎么会干这种事情?"

李二宝吓得一缩脖子:"千真万确,我说的全是真话,要有半句瞎话,你让我蹲大牢,吃枪子。"

蔡忠实犹豫半天,说:"那好,明天晚上你带我们去找魏老师,就说要进点书,如果你说得不实,我饶不了你!"

审完李二宝,蔡忠实心里有说不出的难受。他说什么也不信李二宝说的是事实,魏老师是蔡忠实初中的老师,一向奉公守法,对学生爱护备至,当年他交不起学费,还是魏老师给垫上的。这么一位好老师,他怎么会……

杨所长走过来,安慰说:"小蔡,你也别太难过,我也不愿相信李二宝说的是真的。可是,人是会变的。要不这样,明天晚上的行动你就回避一下,不要去了,我带小汪和小牛去。"

蔡忠实咬着嘴唇说:"不,我一定要去查个究竟,还魏老师一个清白!"

第二天晚上,杨所长和蔡忠实全副武装,押着李二宝来到乡中心学校。

校园里一片寂静,只有魏老师的宿舍里还亮着灯光,透过窗户可以看到魏老师正在认真地批改作业。蔡忠实更加坚信,魏老师绝对不会参与倒卖非法出版物。

三个人来到魏老师的窗前,蔡忠实捅了捅李二宝,示意他上前敲门。

魏老师在里面问:"谁?"

李二宝说:"我,二宝。"

魏老师将李二宝让进屋,问:"你怎么又来了?"

李二宝说:"魏老师,我想再进点那个书卖。"

魏老师不高兴地说:"我听人说,你拿了我的书去跟老百姓卖高价,有没有这回事?"

李二宝说:"这……也就贵几块钱,我保证再不会了。你就再给我一点吧。"

魏老师开始不肯,但被李二宝纠缠不过,只好点头:"好吧,我给你拿书。"

两个人的对话,蔡忠实在外面听得清清楚楚。如果不是亲耳听到,他绝对不会相信这是真的。真是知人知面不知心哪。

蔡忠实和杨所长破门而入。

魏老师正在给李二宝包书,听到声音一怔,回过头来看到蔡忠实和杨所长,便呆在那里,随即便认出了蔡忠实:"忠实,是你?"

"没错,是我。"蔡忠实冷冷一笑,"没想到吧,魏老师? 我也没想到,一个受人尊敬的老师,竟然干着倒卖非法出版物的勾当。"

魏老师微微一笑:"忠实,你说错了,我不是倒卖非法出版物,这本书本来就是我编的,你还是先看看'非法出版物'的内容再说别的吧。"

蔡忠实撕开封包,拿起一本书看起来。

这是一本并不太厚的书,简陋的封面上写着《尚方宝剑》四个刚劲有力的大字,显然是魏老师的手迹。掀开封面,里面竟然全是近几年党中央和国务院颁布的关于减轻农民负担的文件。

蔡忠实糊涂了:"这……怎么会是……"

魏老师凄然一笑:"想不到'非法出版物'竟是中央文件是吧? 小蔡,你去上学,哪里知道楚天乡的老百姓负担有多重! 今天这个费,明天那个费。楚天乡的老百姓并不富裕啊,他们太苦了……"

杨所长冷冷地问:"这和你有什么关系?"

魏老师嘲讽地说:"关系? 你到中心学校来看看,我的学生还有多少? 他们一个个因为穷,辍学回家了,他们可都是楚天乡的未来啊。中央、国务院这些年下了多少减轻农民负担的文件,可是这里的领导不传达、不下发。他们害怕农民知道了中央的精神，就再也不能随便乱收费，不能去吃去喝了。我编这本书，就是要让农民知道中央的精神。哈哈哈哈，'非法出版物'，亏他们想出这样的帽子。"

杨所长说："你的书没有新闻出版署的批准和正式出版社的书号，就是属于非法出版物。"

魏老师说："我知道，你们就是抓住这一点，才敢冠冕堂皇地搜缴查禁这本书。我找了好几家出版社，他们都不肯出版，我才出此下策。现在你们都明白了，我被你们抓住，无话可说。来，铐上我吧。"

蔡忠实用征询的目光望着杨所长。

杨所长犹豫着。

魏老师从容地说："我不是法盲，自从你们宣布查禁《尚方宝剑》的那一天起，我就料到早晚会有这么一天的。"魏老师伸出消瘦的双手，"能让楚天乡的百姓知道中央的精神，我知足了。来吧！"

蔡忠实掂着锃亮的手铐，眼含泪水，望着魏老师慈祥清瘦的面庞，呆愣在那里，不知道怎么办才好，他觉得手中的铐子是那样的沉重……

（杜爱斌）

（**题图**：魏忠善）

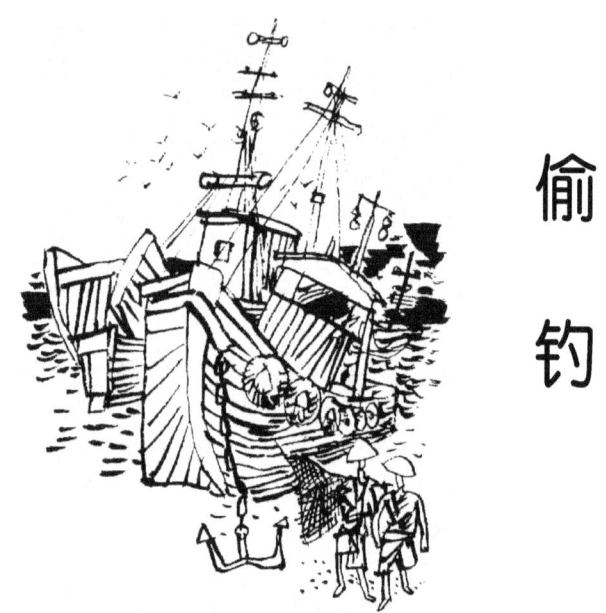

偷
钓

　　从六月到九月,是政府规定东海休渔的日子,在这段时间,谁也不能出海捕鱼。可自打今年休渔开始,张名堂就没有睡过一个安稳觉,他憋着一股劲儿呢。为啥?原来去年也是休渔期间,张名堂偷偷地出了一次海,没成想刚刚靠岸,就让同村的刘学军带人逮个正着。不仅鱼被没收,而且还被罚了款,并在大喇叭里公告于众,让他出尽了"风头"。

　　俗话说,风水轮流转。大前天,张名堂碰巧发现刘学军买了十公斤柴油。他回到家一琢磨,觉得这里面有点名堂。不出海,你买柴油干什么?听说刘学军今年要盖房,还差着一大截钱没着落,张名堂就猜出刘学军十有八九是要偷着出海网鱼。所以,他来个"君子报仇,一年不晚",天天盯着刘学军不放,也要抓他个现行。

这天清晨,在人们睡意正酣的时刻,张名堂突然被一阵极轻极轻的马达声惊醒。张名堂是老海条子了,对机帆船也把玩了好几十年,别看村里大大小小的有那么百十条船,发动起来都是"突突突"地响,可在张名堂的耳朵里,每条船的引擎声都不一样。他一个鲤鱼打挺蹦了起来,侧耳听了听,兴奋地一捶床铺,说道:"奶奶的,你小子终于憋不住了。"然后摇醒妻子,轻声说:"你睡,我去去就回。"妻子劝他:"他爹,何苦呢? 一个村抬头不见低头见的。"张名堂火了,说:"屁话,去年他刘学军是怎么对待我的?"

张名堂悄悄出了门,来到了泊船的地方,只扫了一眼,就乐得差点笑出声。果不其然,刘学军的船没了! 透过浓浓的雾,他听到刘学军的机帆船正"突突突"地向大海深处冲去呢。

张名堂急急地敲开了村主任的门。村主任正搂着媳妇睡得香,被搅了好觉,一肚子的不高兴:"张名堂,你搞什么名堂?"张名堂"嘿嘿"一笑,说:"村主任,重大敌情!"

村主任被吓了一个激灵:"你说什么?"张名堂慢悠悠地说:"有人出海了。""胡说,谁敢? 我怎么不知道。""谁把你这大村主任放在眼里呀。""张名堂,你是不是昨天的酒喝多了,大清早找我逗闷子玩呢?""不,"张名堂一脸的严肃,"十分钟前,刘学军私自出海了。"村主任摇摇头,不相信。也难怪,刘学军是村里有名的老实人,他怎么会干这等子事? 张名堂一看村主任这个态度,忙将自己的胸膛拍得"当当"地响,说:"老天爷在上,现在都普法了,瞎说要受法律制裁的啊,对不?"

村主任这才穿衣起床,边走边问:"你咋知道刘学军出海的?"

"嘿嘿,我不是觉轻吗,听到了他家的船声。"

"又来了,听听听,万一你要是听错了,咋办?"

"哎呀,我这是说正事呢,我刚刚看了,刘学军家的船没了。"

村主任和张名堂来到海边,解开张名堂家的船缆,拔起铁锚,张名堂发动了机器,然后两个人驾着船出了海。村主任问:"这茫茫大海,谁知他刘学军上哪块?"张名堂微微一笑,说:"放心,他肯定去小周岛那边,那块海域的鱼多。"但是张名堂并没有直接去小周岛,而是开着船在海上兜圈子。

村主任问:"你没事干吧,瞎转什么?"张名堂神秘地一笑,说:"你总得给刘学军一点准备的时间吧?""准备?什么准备?""村主任,咱们得让他起了网再上去不迟。否则,他什么也没捞上来,咱们说什么?"村主任笑了,说:"看来还是老姜辣啊。"张名堂乐了,美得不知如何是好。

一个多小时后,张名堂估摸着刘学军差不多了,于是加大马力,向着小周岛全速前进。这时,太阳也出来了,晨雾渐渐地消散,搭眼一望,就能将十几里的海面尽收眼底。

闲话少说,张名堂是憋着劲找茬来的,所以没费什么事儿,就突然出现在刘学军的面前,刘学军发现张名堂的船上还有村主任,感到了什么,他笑了一下,说:"怎么,你们也来了?"村主任严肃地问:"老刘,你难道不知道政府的命令吗?"刘学军显得极为尴尬,说:"知道,知道,可是我并没有……"

张名堂扫了一眼刘学军的船,湿漉漉的网堆在船尾,而鱼已经没了,肯定是刚刚收到舱里。看来来得不早不晚,正是时候。有网有鱼,不怕你刘学军不承认!想到这儿,张名堂不由嘴角挂上了一丝坏笑。

张名堂将两条船并在一起,故意问:"老刘,你公然违抗休渔的命令。行啊!"刘学军表情十分不自然,说:"老张,我是在家待得心烦,出海来转转。"张名堂冷笑了一声,站到船帮上,抬腿就要跳过去。

刘学军一看,立即抄起鱼铲挡住:"你要干什么?""干什么?

看看你舱里有多少鱼。""我这舱里是空的。""空的，唬谁呢？俗话说得好：人不说话网说话。谁不知道你刘学军是百里挑一的网鱼高手，怎么，你能走空？"

刘学军铁青着脸说："要杀要剐有政府，关你什么事儿？"张名堂冷冷一笑，说："话不能这么说，去年你不是也挺……啊，怎么一年过去了，你的思想倒退步了呀？"说着就硬要上刘学军的船。刘学军呢，涨红着脸，"呼呼"地挥舞着手中的鱼铲，张名堂一个没防备，被刘学军一铲子拍了胳膊上，立时划了一个口子，血"汩汩"地冒了出来。

村主任一看，天，要出事，忙上前拦架。没想他走得急了，将船踩得偏重，正在这时，一个浪头打来，张名堂脚下一个趔趄，"扑通"掉下了海，张名堂这下子火大了，在水里一边扑腾一边骂："好你个刘学军，你还想杀人灭口呀？"

村主任正要拉张名堂，突然他听到了一种不寻常的声音，回头扫了一眼，不由惊叫道："鲨鱼！"张名堂顺着村主任的目光望去，距他不到五米的地方，有一团黑乎乎的东西正冲过来。终归是老海条子了，他深知自己目前的险境，知道是自己胳膊上的血腥味引来了鲨鱼，他想翻身上船，可是胳膊有伤，一时竟使不上力气。顿时，一股凉气从脚底下蹿上来，张名堂感到了死亡的威胁。

那鲨鱼大概已经几天没有吃到什么了，此时兴奋得张开了大嘴，照着张名堂的大腿就咬了下去。说时迟，那时快，几乎在鲨鱼张嘴的同时，就见银光一闪，刘学军的铁铲对着鲨鱼的鼻子狠狠地拍了下去，鲨鱼最怕鼻子受伤，此时，它一下子蒙了，还没待反应过来，鼻子上又挨了重重的几铲子。与此同时，刘学军伸出一只手，伸向张名堂，大叫道："老张，抓住！"

张名堂抓住刘学军的手，刘学军一发力，"嘿"地将他拉上了船。那鲨鱼眼看到嘴的食物丢掉了，愤怒地一扫尾巴，差点将刘学军的船掀翻。刘学军腾出手,照准鲨鱼的眼睛又是一铲子,那鲨鱼这才悻悻地游走了。

这惊险的一幕发生得是那么快,把村主任都看呆了。他将两条船连在一起,用绳子固定好,这才跳到刘学军的船上,帮着刘学军为张名堂上药。张名堂嘴上说着"没事没事",眼睛却仍在搜寻刘学军船上的货物。

刘学军叹了一口气,说:"甭看了,事到如今,我也不瞒你们了,我确实网了鱼,大约有五百多斤吧,但是我只留了一条,其余的我都放回海里了。"说着,从一个塑料桶里拿出一条三斤左右的大黄鱼。

冒着偷渔的危险,出海下网,却只要一条鱼?张名堂看看村主任,村主任看看张名堂,两人都不知刘学军今天的闷葫芦里卖的什么药。

张名堂想了想,笑了,对刘学军说:"高,你实在是高。谁都知道,这时节黄鱼极少,一斤能卖出十斤的价。你今天是有备而来,专网黄鱼的呀。"刘学军急得说话都结巴了:"不、不、不是。""不是什么?这多好,网它个几十斤黄鱼,偷偷地回村,不显山不露水地就能赚上一笔,高呀,高!"

村主任看着刘学军,摇摇头,问:"老刘,这休渔……"刘学军重重地叹了口气,说:"我知道,休渔期间任何人不得出海,可我是宁可犯错误也得这么做呀。"

村主任和张名堂一下子陷入五里雾之中,两人同时问:"你?"刘学军的眼眶湿了,他望了望远处,缓缓地说:"我这鱼一不是要卖,二不是自己吃,我是要送给杨场长——他已经晚期了……"

张名堂愣了,村主任也愣了。鱼场杨场长患癌症的事儿他们都知道,对于杨场长,他们何尝没有感情?六年前,杨场长刚来鱼村时没人把这个北方汉子放在眼里,特别是他宣布要休渔时,更是激起全村人的反对。人们骂他,唾他,可是杨场长不急不恼,耐心地给大家讲政府休渔政策的长远意义。当有人偷渔时,他也黑着脸狠狠地罚,为此,他还吃过黑棍。但是,当休渔期过后,人们网到了多少年没见到过的大鱼时,他们信服了,没有杨场长就没有渔村今天的繁荣。而杨场长六年来,却从来没有在谁家吃过一顿饭。他们也知道,杨场长没别的嗜好,就是爱吃这海里的大黄鱼,每年他都要花钱买上些……

刘学军说:"我该说的都说了,该做的也做了,你们怎么处罚我都没意见,只是一条,你们得让我把这黄鱼给杨场长送去,让他'走'之前能再吃一口咱们这地方的黄鱼……"

"你呀,"村主任说,"老刘,让我说你什么好?好像就你一个人关心杨场长似的。实话告诉你,休渔之前,我就准备好了黄鱼,可是杨场长死活不收,他说,中央三令五申,不许向老百姓索要物品,我是共产党员,我得听中央的话。"

张名堂说:"这杨场长也是的,几条黄鱼,算什么!"

村主任说:"但是他看得很重很重。所以我说,老刘,你这是一厢情愿啊……"刘学军"嗨"了一声,坐了下来。

张名堂此时倒显得坐也不是、站也不是。他尴尬地笑笑,说:"老刘,我真不是人,我是从门缝里看人,我……"

"你也没有什么错。休渔是关系子孙后代的大事,谁都应该管的。"刘学军说完,将船一掉头,"返航回村,看杨场长去!"

张名堂忙说:"也算我一个呀。"

东海休渔,禁令如山。今年,谁也没有偷渔。

(范大宇)

(题图:魏忠善)

死里逃生

　　刘英是个大学生,家在重庆。她的家境不怎么富裕,为了让自己的大学生活不至于太窘迫,刘英找了份家教,每星期一、三、五的晚上,她都要转两次车去一个老总家,给他的儿子补习英语。那老总住在一个叫"半山"的别墅区,公交车很少,只有56路,56路末班车的时间比其他线路都要晚一些,十一点半还有最后一班,而且坐的人也少。

　　这天夜里,刘英补完课,从老总家出来时已经快十点了。一会儿车来了,刘英上去后,发现车上除了司机外只有一个快六十岁的老头。

　　刘英上车后就坐到了那老头的后面。过了一会儿,车又到了一站,从这一站过去有好长一段山路,司机一般都开得比较慢,特怕出事,因此要半个多小时才到山下的广园新村站。就在这时,上来了三个男子,其中一个已经不省人事,是被另外两个硬生生拖上车的,刚一上车,一股酒味立刻传遍了全车厢,显然这伙人喝了不少酒。

司机眉头一皱,嘟囔了一句:"呀,那么大酒味,想喝死啊!"

"不好意思,我朋友不会喝酒却硬撑,现在成了一堆烂泥。"那两人一边说着话,一边便拖着那喝醉了的男子往后面走去,他们经过刘英身边时,那浓烈的酒味差点儿把刘英熏晕过去。

这时,意外发生了!

刘英前面的那个老头突然冲着刘英骂开了:"小姑娘,你怎么乱吐东西,这口香糖都吐到我脖子上了!"说着,他的手向脖子后面一抹,把口香糖扔到了刘英的脸上。

刘英一愣:"我没吐东西啊……"

"小姑娘人长得挺漂亮,脸皮怎么这么厚?"老头的话越来越难听。

他这一吵,把前面的司机惹火了,也不知那司机今天碰上了什么不顺心的事,脾气可大了:"要吵下车吵去!"司机说着,便把后车门"啪"地打开。

接着,怪事又来了,那老头二话不说,一把抓住刘英的衣服,刘英还没反应过来,便被老头拖下了车,司机一关车门,"刷"地一声车子便开走了。

刘英这下可急了,这深更半夜的,又是在半山,真是叫天天不应、叫地地不灵呀!也正在这时,那老头快步走上来,好像要对她说什么。刘英吓得心惊肉跳,深更半夜,荒山野地,虽说是个老头,可谁知道他会做出什么来呀!刘英来不及多想,也顾不得老头在后面喊什么,加快脚步奔下山去,又走了好长一段路,才找到一辆出租车,打的回了家。

不料第二天,报纸上报道了一则新闻:昨夜,在半山发生了一起车祸，一辆56路公交车跌入山崖，车上有死者两名，据查一人身份已明，为该车司机，另一人身份尚未查清……

刘英在宿舍里读着新闻，禁不住冷汗一身，心中不觉一阵后怕：昨天晚上可算是死里逃生了，要不是被那老头硬拖下车，哪里还有自己的活路？可老头为什么突然要把自己拖下车呢？刘英总觉得这里有什么玄妙之处，存着这个心，她发誓一定要找到老头，问个明白。

一天，还是在56路车上，刘英果真又一次遇上了这个老头，她软磨硬缠，老头才向她道破玄机。老头说："那天上车的三个人你有没有注意，其中那个醉酒的其实是个死人！"

"什么？"刘英大吃一惊，怎么也不相信会是这样。

老头接着说："喝酒的人醉得再厉害，他被人拖着时，双脚也是软软的，但死人就不同，身体是僵硬的……"

"他满身酒气，不是喝醉了酒吗？"

"那尸体上的酒是被人泼上去的，那两个男人把他拖上车，是想毁尸灭迹，想这样做，最好的办法就是连车带人一起滚下山崖……只可惜在当时的情况下，我不能把那司机也一块救下……"老头说到这儿，见刘英还是不大相信，就说，"你可以不信我，但你应该知道我，我叫许文龙。"

刘英一听这名字，吃惊得连嘴巴都合不拢了，原来这人便是大名鼎鼎的法医学老教授！

说来也巧，刘英和那老教授分手后没隔多久，这个案子就破了，事实证明，老教授的分析一点不差……

（濮祺国）

（题图：杨宏富）

你的心灵如此脆弱

国庆节刚过,一大早,冀定市公安局接到报案,说建成房地产公司经理梁春死在婚床上。市刑警大队大队长尚可斌接到侦查命令,立即带人赶到现场。

如果不是婚床上躺着的那具面目狰狞的半裸男尸,房间里完全是一派新婚的喜庆迹象。法医当场就对尸体作了初步鉴定,结论是:梁春的死亡时间是在清晨七点半前后;身上没有任何伤痕,可以排除暴力谋杀的可能;临死前极度惊恐,由此引起刹那间巨量血液涌向心脏而产生血栓塞。也就是说,梁春是被吓死的。

梁春的新婚妻子叫徐晶,是医学院的老师,但此刻踪影全无。所以尚可斌决定首先安排人手追查徐晶的下落,同时围绕梁春的社会关系,以及昨日来参加他们婚礼的所有嘉宾,展开调查。

很快,尚可斌对这一对年轻人的身世有了了解:八年前,徐晶和梁春是医学院的同班同学。徐晶性格温和,经历简单,毕业后留校,学业、事业一帆风顺,同事和学生对她评价都很好;她的家境也不错,父母都是知识分子。倒是梁春的经历颇为坎坷,从小就生长在一个充满暴力的家庭里,父母间经常争吵,生性残暴、嗜酒如命的梁父动不动就对梁春和他母亲拳打脚踢,有一次醉酒后竟然野性大发,逼他们母子俩吞吃生肉,梁母不堪忍受如此虐待,很早就撇下年幼的梁春远走他乡,梁春直到十四岁那年,才在姨妈的帮助下逃出恶父的魔掌,考入医学院读书……

尚可斌对梁春幼年的境况唏嘘不已,但同时又感到困惑:这两个身世完全不一样的年轻人,是怎么走到一起的呢?既然当年梁春选择了读医,后来又怎么会改行去搞房地产的呢?

调查在继续进行,一个消息吓了尚可斌一跳:案发后的第二天,徐晶竟然若无其事地到单位上班来了,她压根儿就不知道发生了什么,面对突然造访的尚可斌,她脸上的神情非常吃惊,一脸茫然地反问道:"你在说什么?怎么可能会发生这样的事?"

尚可斌于是便问她:"那么,昨天早上你在哪里?"

"昨天早上?我……我在派出所里。"

"派出所里?哪个派出所?为什么你会到派出所去?"

"我也不知道哪个派出所,我也搞不懂他们为什么要我留在那里,反正今天是他们送我来上班的。"

尚可斌越听越糊涂:这算怎么回事?他立刻安排警力和各派出所联系。

很快,河西派出所回复,说昨天早上,他们发现有一个穿淡粉色睡衣的女子在街上漫无目的地胡逛,脸上的表情非常呆滞,于是便将她带回所里,但却问不出任何情况,她根本就不开口。

因为这样，他们就暂时将她留在所里。但隔了一天，到今天一早，那女子除了对自己为什么会是这个装束在街上解释不清之外，她非常清楚地向干警说明自己的身份，还急着表示上课时间马上就要到了，她必须立即赶回学校去。所里见她说话条理清晰，思维敏捷，对她的举动感到百思不得其解，为了不影响她给学生上课，于是就应她的要求，临时给了她一套衣服调换，先用车把她送到了学校。

尚可斌得知这个情况后，脑子里蓦然闪过一个念头：这会不会是因为她受刺激过大，一时引起的失忆现象？

他小心翼翼地试探着问："你知不知道……梁春这个人？"

谁知一提到"梁春"这个名字，徐晶的脸上突然颤动了一下。尚可斌看她这副神情，于是就等她上完课后，当机立断把她带回新房。

只见徐晶疑惑地打量着新房里的一切，当她的目光落到她和梁春的那幅婚纱照上时，她的脸开始不停地抽搐，嘴唇剧烈地抖动，突然间撕心裂肺地喊了一声："梁春——"尚可斌感觉得到，这是只有对爱到肺腑的人才会迸发出的悲怆的呼喊。

尚可斌冷眼观察着，发现徐晶这一切表现不像是故意装出来的，而且从已经掌握的情况看，她也似乎并没有谋杀梁春的理由。退一步说，如果她真要谋害梁春，也不会选在洞房花烛后的次日清晨，这不是明显会暴露她自己的吗？

那么，到底是什么事情，会让梁春在惊吓中暴毙呢？

等徐晶情绪稳定后，尚可斌继续对她进行询问，但徐晶的回答让尚可斌大失所望。徐晶说，那天早上她刚睁开眼睛，就看到梁春面目狰狞地死在她的身边，她又惊又吓，觉得天塌地陷了一般，后来的事就完全不记得了，等重新有了意识时，她已经在派出所里了。尚可斌联系到河西派出所回复在街上发现徐晶的情况，这与徐晶的叙述应该是吻合的。

看来,在梁春死之前,他们新房里肯定发生过事情。尚可斌决定把调查工作深入到他们当年医学院的同学中去。

果然,通过调查,尚可斌又进一步了解到,梁春和徐晶在医学院读书时关系就很好,但后来发生的一件事,却使他们两个人走上了完全不同的人生轨道。

那是同学们第一次上人体解剖课的那一天,大家都很紧张,男生还能坚持,女生却吓得脸色刷白,有的甚至把眼睛也闭上了。不过,谁也不想在专业课上当逃兵,所以害怕归害怕,没有一个人逃出教室。可就在这堂课快要结束的时候,只听教室里"哇"的一声,大家四下一看,站在后排有一个男生,吐了一地。谁? 梁春。主课的教授姓余,余教授没想到梁春这么一个看上去高高大大的男生,竟连一个小女生都不如,他遗憾地直摇头。

走出解剖教室之后,这一整天梁春都没吃下一口饭,精神恍恍的,而且一连几天都是这样。与此同时,余教授却发现了一个非常奇怪的现象:解剖教室里的那个人体标本,自此就不止一次出现过刀割的痕迹,余教授决定要搞个水落石出不可。这天夜里,余教授悄悄守在解剖教室里,到了夜半时分,果然看到有个黑影撬窗进来,将人体标本从福尔马林溶液里捞上来,然后掏出小刀慢慢地进行切割,割一点,就放进嘴里咀嚼一点……余教授见此情景惊得目瞪口呆,仔细辨认,发觉这个黑影竟是自己的学生梁春! 他只觉得头皮阵阵发麻,四肢也不听使唤了,瘫坐在那儿,强忍着才没发出声来,直到梁春翻窗出去,他才慢慢醒过神来。

第二天一早,余教授赶紧将此事报告给学院,院领导决定先悄悄对梁春进行精神鉴定,这才发现他的行为其实是一种梦游症状,是由于上第一次解剖课时受到惊吓而引起的癔症。校方决定劝梁春退学,并为他保密。就这样,梁春离开了学校。

回到家里,除了父亲,梁春已经没有什么亲人了,可父亲又是那样一个恶鬼。就在这个时候，梁春的母亲回来找他了，把他带到了北京，因为他母亲后来在北京结了婚，有了新家。继父待梁春还不错，把他安插进了自己的房地产公司工作，后来公司在梁春原来读医的冀定市成立了一个分公司，梁春凭着自己出色的工作能力，争取到分公司当上了销售部经理。

梁春和徐晶其实早在大学一年级时就建立了恋爱关系，只是当时学校禁止学生在校期间谈恋爱，他们之间的关系才没有公开。退学之后，梁春自然不敢再去找学业优秀的徐晶，直到后来，他觉得自己以一个收入丰厚的房地产公司销售经理的身份，可以去面对徐晶了，才去医学院找她，而这时候，徐晶已经毕业留校任教，成了医学院的一名讲师。尽管当时徐晶遇到过不少优秀的男士，但心里总抹不掉梁春的影子，所以两人久别重逢时心里都很激动，谈婚论嫁很快就被提上了议事日程，领证结婚，一切似乎都是"水到渠成"的事。

调查进行到了这里，尚可斌觉得这个案子非常特殊，他决定去向犯罪心理学家老严请教。

姜果然是老的辣！老严听尚可斌介绍了案情的基本情况后，就给他出主意说："你们可以考虑对徐晶实施催眠术，通过催眠，让她自己回忆那天清晨到底发生了什么。"

尚可斌心里一动：是呀，我怎么没想到用这个办法试一试呢？

他匆匆赶回局里，把情况向主管局长作了汇报，征得领导同意后，立即将全国著名心理医学专家请了来。徐晶也愿意配合，因为她也很想弄清楚梁春的死因。

催眠术开始了，尚可斌紧张而又充满期待地在外面等候着，可没想到四个小时之后，专家出来非常遗憾地告诉他："关于那天早晨发生的事情，徐晶什么也说不出来……"

尚可斌大失所望："这……"

但专家接着又说："不过在催眠过程中,她老在叫着'老师',还说老师脱光了她的衣服……"

尚可斌大吃一惊:"这是什么意思?"

专家沉吟着说:"这说明她童年时受到过伤害,而这个伤害她的人,很有可能是她那时的老师……"

尚可斌连连摇头:"这不可能,徐晶这样的家境,从小肯定一直处于良好的保护之中,怎么可能会受到伤害呢?"他建议专家再对徐晶施行一次催眠。

第二次催眠由于有的放矢,进行得非常顺利。他们终于明白,原来徐晶九岁那年,家里给她请了个家庭教师,那教师是个女的,经常搂她、亲她,还脱她的衣服……

徐晶在催眠中进入了深度睡眠,专家没有唤醒她。专家对尚可斌说:"这个可怜的姑娘,精神太疲惫了,她承受了太多的打击,让她多睡会儿吧,到时候她自己会醒的。"

尚可斌点点头,吩咐一位女刑警看护好徐晶,他自己马上赶到徐晶父母家,专门就这个事情再作调查。徐晶的父母开始有点吞吞吐吐,但犹豫半晌后还是把真相告诉了尚可斌。原来那个家庭教师看上去温文尔雅,可实际上竟然是个恋童癖患者,除了经常对徐晶进行骚扰,还趁徐晶父母不在家的时候强迫徐晶上床,做一些不堪的事,致使徐晶身心受到非常大的伤害,后来徐晶的母亲无意中发现了此事,才立即将女教师赶走。

尚可斌步履沉重地离开徐家,一边走一边思索。现在,他对梁春和徐晶的经历基本调查清楚了,很多谜象也因此而找到了答案,不过梁春的暴毙还是一个谜,这个谜没解开,此案就依然是个悬案。

尚可斌正思考一路分析着,突然,他的手机响了,是看护徐晶的女刑警打来的,异常惊慌地向他报告说:"队长,快回来,徐晶死了!"

尚可斌顿时惊呆了,他火速赶回局里,只见徐晶躺在催眠床上,四肢僵直,嘴巴张开着,舌头已经吐了出来。在公安局里,怎么可能会发生这样的命案?尚可斌厉声责问:"这到底是怎么回事?"

看护徐晶的女刑警汇报说,她见徐晶睡得很沉,就打了个盹,没想到就一会儿工夫,再睁开眼睛时就看到徐晶已经死在了床上。

尚可斌戴上手套,翻了翻徐晶的眼睑,没料到,他手刚伸过去,蓦地吓了一跳:徐晶还有微热的体温。

女刑警也惊奇地喊了起来:"队长,她在动……"

只见徐晶的脸上突然慢慢有了血色,舌头也慢慢缩了回去,身体渐渐松软下来。

尚可斌立刻贴近她的耳朵喊道:"徐晶,徐晶……"

徐晶居然眼睛也睁了开来,疑惑地问:"怎么了?"

尚可斌说:"徐晶,刚才发生什么事,你知道吗?"

徐晶摇摇头:"又发生什么事了? 你们不是在对我催眠吗?我只是睡了一觉啊!"

尚可斌命令女刑警马上带徐晶去检查身体。可是检查结果表明,徐晶什么病也没有。

这事儿奇怪啊! 尚可斌想了老半天,又赶到徐晶父母家,询问徐晶平时的身体状况。徐晶的父母开始还是不愿意说,直到尚可斌对他们说了徐晶在公安局的这个症状,徐晶母亲才长叹一口气,泪流满面地说:"自从那女人害了我女儿后,我发现她的精神总有些恍惚,有时一大清早会突然躺在那儿,四肢发硬,舌头伸到嘴巴外面,第一次我差点还以为她死了呢……但过一会儿她就自己恢复过来,而事后对这一切却什么也不知道……我们不知道该怎么办,想想反正她自己不知道,我们也不想让她知道,所以就干脆一直没有告诉她。后来随着年龄的增长,我们发现这样的情况越来越少了,也就没再带她去看医生……"

听了徐晶父母这般解说,尚可斌心里一动,走出徐家,他再一次去请教老严。

老严告诉他说:"国外曾报道过类似案例。一位女士在幼年时遭受过性侵犯,使她后来发生清晨形同僵死的症状,心理学上称这是一种'转化型歇斯底里精神官能症'。这类患者多是女性,而结婚是对她们最佳的治疗方法。但徐晶的结婚也可能暂时造成了她病症的恶化,这是因为在新婚之夜,丈夫的性刺激可能激发了埋藏在她潜意识深处的往事,而使晨间僵死的症状重新出现……"

尚可斌拍着脑袋恍然大悟:"我明白了,梁春新婚当夜的性刺激,使徐晶在第二天一大早又一次出现晨间僵死的症状;而梁春醒过来看到徐晶这样子,误以为她突然暴死,童年时被父亲强迫吃生肉的经历,造成了他精神上的自我强迫症,大学时的人体解剖课,又无意中进一步加深了他的病症,所以徐晶发病,才会给他造成极其强烈的惊吓冲击,以致气绝身亡;至于徐晶,醒来后看到丈夫暴毙,本来就非常脆弱的心灵根本无法承受这样的现实,于是就在潜意识里强迫自己要赶快忘掉眼前的一切,所以她才会穿着睡衣上街胡逛……"

老严赞同地连连点头:"是这样,的确是这样……"

尚可斌不无感慨地长叹了一声:"没想到这一对年轻人,童年的创伤竟然会给他们带来如此深重的灾难!"

（黄　云）

（题图:谭海彦）

看不见的证据

尼克尔是一个厨师，住在纽约，因为市场不景气，她已经失业好几个月了。如今，每天吃过早饭，她做的第一件事，就是打开报纸，浏览各式各样的招聘栏目，看有没有适合自己的工作。

这天，报上一条招聘启事吸引了她：寻找一名健康、未婚、性格坚强的女性从事一项临时工作，待遇从优。尼克尔马上拨通了启事上的电话，向对方介绍自己的情况。电话那头传来一个女人的声音："你符合这些要求，今天下午就来吧。"接着她告诉了尼克尔地址，那是纽约市中心一幢高档的公寓楼。

下午，尼克尔在那公寓里见到了登启事的女人，她叫夏洛特，看上去有三十多岁，保养得还不错，但眼神冷冰冰的，态度也很傲慢。她上下打量了尼克尔一眼，问道："你确实没结婚吗？"

尼克尔说:"没有,我一个人住在纽约。"

夏洛特点点头,点燃一支烟,又追问道:"连男朋友也没有?"

尼克尔有点不高兴:"没有。不过这和工作有什么关系吗?"

夏洛特吐出一个烟圈,嘀咕道:"没有最好,恋爱中的女人是最多嘴的……好吧,下面我来告诉你要干些什么,你跟我来。"

她把尼克尔带进一个小房间,房间里乱糟糟的,中间有一台四合一的组合健身器和一辆深色的健身自行车,都很新,好像没怎么用过。夏洛特指着那辆自行车对尼克尔说:"这辆自行车有一个液晶显示器,可以显示每次锻炼开始和结束的时间,而且,它停下来的时候,就会自动把这次锻炼的时间打印出来。"

尼克尔听得一头雾水,弄不明白这女人葫芦里到底卖的什么药,只好勉强敷衍道:"嗯……听起来不错。"

夏洛特话锋一转,说:"可是,我最讨厌在这里进行锻炼了,简直乏味死了,所以,我想要你做的,就是在固定的时间里来使用这辆自行车锻炼身体。"

尼克尔还是第一次听到有这么奇怪的工作,诧异地问:"什么? 您是说——您要付钱让我在这屋子里锻炼?"

"没错,"夏洛特说,"你每周一、三、五上午十点到十二点准时来这里锻炼两个小时,然后把打印出来的卡片给我,我每周付你二百五十美元。"她的语气里没有一点商量的余地,而这么好的工资待遇恐怕在曼哈顿劳务市场上也不容易遇到。

"好吧……"尼克尔虽然心里有一个大问号,但是现在对她来说,找到工作是首要的问题,所以她没有多想,就答应了下来。

第二天,尼克尔就正式上班了,她上午十点差五分到夏洛特的公寓,摁响门铃。夏洛特也似乎早有准备,已经穿好了出门的衣服,她让尼克尔进门以后就匆匆离开了。尼克尔在健身自行车上老老实实地练了两个小时。十二点刚过,夏洛特回到家,她检查了一下记录尼克尔锻炼时间的纸条,和她简单交谈几句,就把她打发走了。

就这样,尼克尔每周三次去夏洛特的公寓锻炼。这份工作对尼克尔来说很轻松,因为她原来在家就经常锻炼,这点运动量对她来说算不了什么。而且现在不仅锻炼了身体,还有优厚的报酬,真好像天上掉下了馅饼。

第五次锻炼完,尼克尔在等夏洛特回来的时候,忽然注意到健身房一角的桌子上有一张带框的照片,照片里是个体形健美的男人,尼克尔认出来,这个男人外号叫"大吉姆",是一个电视健身节目的主持人,很受女性观众的喜爱。她凑近一看,只见照片上还有大吉姆非常细心的亲笔签名,可见他和夏洛特的关系非同一般,说不定还是情人呢!

尼克尔明白了,作为名人,大吉姆当然希望自己的女友外表漂亮,所以夏洛特要向他证明自己一直在锻炼,能够保持良好的体形,这样才能博得他的欢心。但是她又不想真的做这项苦差使,于是才会别出心裁想到找人来替她锻炼了。"这些有钱人,真是会瞎折腾!"尼克尔觉得有点愤愤不平,但是这个发现多少消除了她心里的疑问。

两个礼拜后的星期一,尼克尔像往常一样,来到了夏洛特的公寓。门铃响过后,夏洛特走了出来,可是这次她没有让尼克尔进去,而是像见到一个陌生人一样,冷冷地对她说:"你以后不用来了,这里的工作结束了。"说完,用手一指门口的电梯,那意思是让尼克尔快走。

尼克尔打心眼里厌恶夏洛特盛气凌人的样子,要不是看在钱的份上,早就不想干了。所以她什么也没说,只是耸耸肩,转身离开。这时候她听见夏洛特扭头对房间里说:"只是一个送货的,拿了些衣服,亲爱的。"显然她是在对一个男人说话,可是她的语气仍然是冷冰冰透着傲慢,一点不像女人通常对男朋友说话的样子,倒好像是故意说给尼克尔听的。

当天晚上，尼克尔正在家里的跑步机上一边锻炼一边看电视，突然，一条新闻跳入了她的眼帘。电视画面上出现的正是夏洛特住的那幢公寓楼外景，播音员在一旁解说，上星期五上午，这幢公寓楼里发生了一起名画失窃案，目前正在紧张侦破之中。当时，公寓里没人，小偷乘虚而入，轻松得手。失窃的那幅名画《威尼斯大运河之研究》，价值约三十万美元。警方目前正在向大楼里的居民挨家挨户地调查，希望能尽快找到线索。

这条新闻很短，一晃就过去了。在纽约这样的大城市里，失窃一幅名画实在算不了什么，但尼克尔的脑海里犹如划过了一道闪电——怎么这么巧呢？她想到了夏洛特诡秘的行动，心里冒出一连串的问号：星期五上午，不正是自己在夏洛特家里锻炼的时间吗？夏洛特一直在外面，但如果警方问到夏洛特，她完全可以拿着记录尼克尔锻炼时间的纸条，理直气壮地说那段时间里她从来没有出过家门。那么如果是她……

尼克尔觉得头有点痛，就没有想下去，因为又失业了，她不想对别人的事操太多心，再说这些分析可能根本就是错的。

接下来的两天，尼克尔忙着到处找新工作，把这事给丢在了脑后。第三天，尼克尔终于在一家餐厅里找到了一份工作。晚上，她兴冲冲地回到家，刚打开电视，正好又看到盗窃名画案的最新报道。这一次，警方宣布拘捕了大楼里的一个临时工，因为盗窃发生的那天，他正在楼里做油漆工作，而且以前有过盗窃的记录。电视上，负责这个案件的马丁侦探信心十足地对记者说："我想我们已经抓住了罪犯，这个案子就要结束了。"

这时，似乎有一个声音在尼克尔的耳边响起："那个临时工是冤枉的，你要向警方举报！"尼克尔沉思了一会儿，拿起电话，拨通警察局，找到了马丁侦探，一股脑儿地把自己遭遇的经过都告诉他。马丁侦探在电话那头沉吟了好一会儿，答应和尼克尔一起去找夏洛特，当面对质。

第二天,尼克尔见到了马丁侦探,他是个彬彬有礼的年轻人,态度很和蔼,马丁侦探告诉尼克尔,他已经给大吉姆打过电话,大吉姆说根本不认识夏洛特这个人,所以尼克尔的怀疑是有道理的,那张照片很可能是夏洛特用来掩人耳目、制造假象的。

他们一起来到公寓楼,马丁侦探摁下了夏洛特家的门铃。

夏洛特穿着一件浴袍来开门,当她看见尼克尔的时候,脸上愉快的表情一下子僵硬住了,但她随即把眼光从尼克尔脸上移开,热情地问马丁侦探:"警官先生,您又来了,有什么事吗?"

马丁侦探干咳了几声,用手指指身边的尼克尔,问:"您曾经雇佣过这位小姐吗?"

夏洛特冷冷地扫了尼克尔一眼,斩钉截铁地说:"没有,我从来没见过这位小姐。"

"您肯定吗?"

"当然,我可以对法庭发誓!"

马丁侦探又问:"听说,您家的健身房里有一张大吉姆的签名照片?"

夏洛特微微一笑,说:"当然没有,不信的话,您可以进来搜查。"

马丁侦探进了健身房,四下查找了一遍,什么也没发现,他摊开手,无可奈何地望着尼克尔,问道:"你还有什么要说的吗?"

尼克尔摇摇头:"我——没有了。"

这下,夏洛特的脸上露出了得意的笑容,她往沙发上一靠,不依不饶地说:"可是,我还有话说,警官先生,我想这个姑娘一定向您编造了什么稀奇古怪的故事,我是一个声誉良好的公民,所以除非她向我正式道歉,不然我会告她一个诽谤罪!"

尼克尔再也忍不住了,回敬道:"女士,扔掉一张照片是很容易的事,你要告就去告吧,你心里最清楚自己干了什么!"

这下可激怒了夏洛特,她跳起来,指着尼克尔的鼻子骂道:

"你小心点,说话要有证据! 我会让你吃不了兜着走的!"

马丁侦探做了个手势.阻止了夏洛特,然后平静地对尼克尔说:"小姐,很抱歉,如果你提供不出证据,我们只能不理会你的举报了。"说完,他起身告辞。

尼克尔不情愿地跟着他往门口走去,心里沮丧极了。

就在他们快要出门的刹那,尼克尔突然停住脚步,若有所思地问马丁侦探:"警官,你们所说的证据,一定是要看得见、摸得着的东西么?"

马丁侦探转过脸来,迷惑地看着她,说:"法律上没有这种规定,但是我还从来没有听说过还有其他种类的证据呢。"

尼克尔笑了起来,她沉着地说:"警官先生,只要一会儿工夫,您就能亲眼看见一种独特的证据。"说着,她回头问夏洛特:"既然你不承认雇佣过我,那么每周锻炼三次的那个人就是你自己喽?"

夏洛特傲慢地点点头:"当然,那还用说? 我需要通过锻炼来保持良好的体形,我已经坚持好几年了。"

"好极了,那么,能不能请你现在就锻炼一下给我们看看呢?"

夏洛特的脸色开始发白,但在马丁侦探面前,她没有理由拒绝,只好慢吞吞地换了健身衣,跳上了那辆自行车。

一切正如尼克尔所料,十分钟以后,夏洛特就累得翻起白眼,趴在自行车上起不来了。

夏洛特被带走后,马丁侦探赞许地对尼克尔说:"小姐,你的法子妙极了,这是我见过的最特别的证据!"

尼克尔微微一笑,说:"我习惯把自行车的阻力调到最高挡,一个从不锻炼的人,能在这辆自行车上坚持十分钟,已经很不错啦。我敢担保,她到了拘留所,那口气还没缓过来呢!"

（王　路　改编）

（题图:箭　中）

旧病复发

　　哈根是个有钱人，经常要为家族公司在世界各地的生意做枯燥的商务旅行，可他讨厌乘飞机，因为机舱里狭小的空间和闷热的空气，常常让他旧病复发。

　　哈根这次乘坐的航班是飞往内陆一个城市的，因为天气不好，飞机起飞时就有些晃动，到了高空，颠簸得更厉害，机长请大家系好安全带。

　　哈根觉得自己很不舒服，越来越不舒服，身体也开始流汗。坐在哈根边上的一个"大胡子"注意到他的不适，试探着问他："先生，您不舒服吗？"

　　"哦。"哈根点点头，摘下戴在脖子上的绿色蝴蝶结，又拿过一个呕吐袋。

大胡子看他手忙脚乱的样子,便关心地帮他拿住那个绿色蝴蝶结。

"也许您最好上卫生间待一会儿,"哈根体谅地轻声对大胡子说,"我想,您看着我吐,感觉一定不会好。"

大胡子感激地看了看哈根,便站起身离开了座位。

大胡子走后,哈根的目光落在了他座位下的一只旅行袋上。他现在一点都不恶心了,其实他从不晕机,他是旧病复发,一种不可抗拒的冲动让他没法控制自己,他把手伸进旅行袋,迅速从里面摸出一袋糖果,塞进自己口袋。

等大胡子回来时,哈根已经感觉很好了,虽说那只是一袋糖果,却满足了哈根的欲望。哈根从不缺钱,但不能不从别人那里拿些东西,他有严重的盗窃狂症。

九点三十分,飞机准时着陆。

机场候机室的电话机前,站着一位身穿薄大衣的男子,他是私人侦探德加,正在和他的上司通电话。当初上司匆匆忙忙把他派到这个城市,却没有告诉他要做什么。

此刻,上司在电话那头吼着:"你要注意一个男人,不久前他患上了盗窃狂症,虽然他十分有钱,却总忍不住要从别人那儿拿点小玩意儿。这是他接受治疗后第一次单独出门旅行,他的家人怕出丑闻,所以雇了我们。他今天脖子上戴了一个惹人注目的绿色蝴蝶结,你很容易认出他。"

乘客们从出口鱼贯而出,直到这时,大胡子才发现自己还拿着邻座的蝴蝶结,可蝴蝶结的主人早就不知道走到哪里去了。正当大胡子拿着蝴蝶结左右看的时候,德加侦探一眼发现了他,德加心里嘟哝着:上司为什么不告诉自己他有一大把胡子呢?大胡子可要比什么蝴蝶结好认多了!

德加正这样想着,只见大胡子上了一辆出租车,于是便赶紧跳上自己的车跟了上去。二十分钟之后,大胡子的出租车停在一家豪华宾馆门前,德加不由心里暗自高兴:果然是个有钱人,这次跟踪,自己得到的佣金肯定不会少。

只见大胡子走进他事先预订好的房间,关上门,打开旅行包,他在包里寻找着,开始还轻手轻脚的,可接着就胡翻乱骂起来,最后把包里的东西兜底都倒在了地毯上:"他妈的!肯定是那家伙干的!"

他气冲冲地拿起电话,拨通了号码,朝对方大喊大叫起来:"喂,钻石没了!是的,当然是抢来的那些。我特地把它们和糖果放在一起。飞机上坐在我边上的那个家伙假装犯了胃病,肯定是他下的手。哼,他跑不掉的,我这就去查清楚。"

大胡子立刻和航空公司取得联系,借口说坐在他身边的先生把蝴蝶结忘在他这儿了,他一定要设法还给他,于是航空公司很快查出了哈根的名字。紧接着,大胡子又紧追不舍,终于查到了哈根下榻的地方,只一会儿工夫,他就站在了哈根住的宾馆房间门口。

大胡子决定要除掉哈根!他敲敲门,里面没有动静,他掏出随身带的工具,破门而入。

一进房间,他就立刻寻找他的宝贝钻石,由于太心急了,居然忘了关门。不过不要紧,身后有人替他把门关了。谁?是尾随而来的侦探德加。不过,德加把大胡子当成了哈根。

德加看着大胡子从壁橱里拿了一袋糖果出来,他真不能理解这种盗窃狂症是怎么一回事。德加不由脱口问道:"您到这里来,就是为了找这些糖果?"

大胡子一惊,猛地转过身来,掐住德加的喉咙叫道:"你这个流氓,总算抓到你了!"

"我说哈根先生,请放开我!"德加可不想对他的被保护人动粗。

"哈根?你说我是哈根?"大胡子莫名其妙。

职业经验告诉德加，对待这种疯子要非常冷静才行。于是，他尽量平静地说："我只是一个普通的私人侦探……"

"好了，别来这一套！"大胡子打断了他的话，从糖果袋里拿出一颗石头样的东西，说，"拿去，你不是想要钻石吗？给你一颗，快点离开这里。"

德加一听到钻石，心里一怔，手就下意识地伸了过去。

就在这时候，有人用钥匙打开了门，两名警察冲了进来，后面跟着真正的哈根先生。

"你们看看，"哈根先生说，"我刚才正要进门，就听到有人在里面说什么钻石，看来像是一伙的。"

一个警察从大胡子手里抢过糖果袋，问道："这是什么？"

另一个警察向德加走过来，德加紧张极了，要是让警察看到他手里的钻石，就无论如何说不清楚了。他突然想到不止一次在侦探电影里看到过，如果陷入了困境，就干脆把手里的东西吞下去。

于是，他立刻装出咳嗽的样子，假装用手掩住嘴，把钻石塞到了嘴里。没等下咽，那颗钻石竟就在他嘴里化掉了，味道很甜……

（刘　坤　改编）

（题图：箭　中）